煙波——著

微光北極星

Shimmer of Polaris

我在最美好的時光遇見了你，
卻不見得能迎來最美好的結局。

出・版・緣・起

三百六十度全媒體出版

城邦原創創辦人　何飛鵬

當數位變革浪潮風起雲湧之際，做爲一個紙本出版人，我就開始預想會不會有數位原生內容出版社出現？如果會的話，數位原生出版會以什麼樣貌出現？而我又將如何面對這種數位原生出版行爲？

就在這個時候，我看到了大陸的起點網，這個線上創作平台，聚集了無數的寫手，形成數量龐大的創作內容，無數的素人作家在此找到了夢許之地，也成就了一個創作與閱讀的交流平台，而手機付費閱讀的習慣養成，更讓起點網成爲全世界獨一無二、有生意模式的創作閱讀平台。

基於這樣的想像，我們決定在繁體中文世界打造另一個線上創作平台，這就是POPO原創網誕生的背景。

做爲一個後進者，再加上我們源自紙本出版工作者，因此我們在POPO上增加了許多的新功能，除了必備的創作機制之外，專業編輯的協助必不可少，因此我們保留了實體出版的編輯角色，讓有心成爲專業作家的人，能夠得到編輯的協助，我們會觀察寫作者的內容、進度，選擇有潛力的創作者，給予意見，並在正式收費出版之前，進行最終的包裝，並適當的加入行銷概念，讓讀者能快速認識作者與作品。

這就是POPO原創平台，一個集全素人創作、編輯、公開發行、閱讀、收費與互動的一條龍全數位的價值鏈。

經過這些年的實驗之後，POPO已成功的培養出一些線上原創作者，也擁有部分對新生事物好奇的讀者，不過我們也看到其中的不足─我們並未提供紙本出版服務。眞實世界中，仍有許多作家用紙寫作，還有更多讀者習慣紙本閱讀，如果我們只提供線上服務，似乎仍有缺憾。

爲此我們決定拼上最後一塊全媒體出版的拼圖，爲創作者再提供紙本出版的服務，讓所有在線上創作的作家、作品，有機會用紙本媒介與讀者溝通，這是POPO原創紙本出版品的由來。

如果說線上創作是無門檻的出版行爲，而紙本則有門檻的限制，線上世界寫作只要有心，就能上網、就可露出，就有人會閱讀，沒有印刷成本的門檻限制。可是回到紙本，門檻限制依舊在。因此，我們會針對POPO原創網上適合紙本出版的作品，提供紙本出版的服務，我們無法讓所有線上作品都有線下紙本出版品，但我們開啟一種可能，也讓POPO原創網完成了「三百六十度全媒體出版」的完整產業及閱讀鏈。

不過我們的紙本出版服務，與線下出版社仍有不同，我們提供了不同規格的紙本出版服務：（一）符合紙本出版規格的大眾出版品，門檻在三千本以上。（二）印刷規格在五百到二千本之間的試驗型出版品。（三）五百本以下，少量的限量出版品。

我們的宗旨是：「替作者圓夢，替讀者服務」，在作者與讀者之間搭起一座無障礙橋梁。

我們的信念是：「一日出版人，終生出版人」、「內容永有、書本不死、只是轉型、只是改變」。

我們更相信：知識是改變一個人、一個組織、一個社會、一個國家的起點。讓想像實現、讓創意露出、讓經驗傳承、讓知識留存。我手寫我思，我手寫我見，我手寫我知，我手寫我創，變成一本本的書，這是人類持續向前的動力。

我們永遠是「讀書花園的園丁」，不論實體或虛擬、線上或線下、紙本或數位，我們永遠在，城邦、POPO原創永遠是閱讀世界的一顆螺絲釘。

目錄

出版緣起　三百六十度全媒體出版／003

第一章　黑夜的星光下，我遇見你／013
如果我不來，妳可以來找我，我會一直在原地，等妳到來。

第二章　在那之後，我只剩下你／065
有你在我身邊，我好像什麼都不擔心了。

第三章　世界太艱難，我只想在你身邊／113
我眷戀手心被他緊握在手裡的感覺，
像是被他保護著，再也不受風雨侵擾。

第四章　我不能喜歡妳／169
這世上有沒有一種可能，
是我把他視為朋友，他也只把我當成朋友的可能。

第五章　人生若只如初見／219
或許得不到的總是最好，所以使我們放不開手。

第六章　終曲／269
有一些地方，是不管多想去，都抵達不了的，像是你的身邊。

後記　在該愛的時候用力去愛／289

第一章　黑夜的星光下，我遇見你

如果我不來，妳可以來找我，我會一直在原地，等妳到來。

「孫黛穎，妳的掃地區域沒掃乾淨！」

衛生股長的聲音從走廊上遠遠傳來，我渾身一震，轉身想從教室後門逃跑，沒想到他動作比我還快，下一秒人已經衝到我面前，擋住我的去路。

「今天是這學期的最後一天了，妳怎麼還不好好打掃，要知道妳負責的地方全是落葉！」他邊說邊將掃把遞了過來。

我扁嘴，「樹本來就會一直掉葉子，掃那麼乾淨還不是很快就髒了？而且你看到的那些，搞不好是我掃完後才掉的。」

衛生股長一臉不容質疑，「什麼時候掉的我不管，反正我去檢查時就是有落葉，妳現在立刻去掃乾淨。」

「欸！可是都快要放學了！」我哀號，「值週老師早就打完分數了啦，就算沒評分，明天就開始放暑假了，環境整不整潔還很重要嗎？」

「重要。」衛生股長冷冷地說，完全沒有妥協的餘地。

我與衛生股長一向水火不容，他總是嫌棄我負責的外掃區不太乾淨，爲此我跟他較勁了一整個學期，卻從來沒贏過，每次都不得不屈服於他，乖乖將校園打掃乾淨，就連學期結束這天也是。

我嘆了一口氣，接過他手中的掃把。

苗苗正在整理她塞滿各種雜物的抽屜，看我拿著掃把，笑嘻嘻地對我揮手，「我在這裡等妳回來。」

我對她做了個鬼臉，不甘願地走到我負責的區域，看著那一棵樹，悲憤地抬起腳來踹了幾下，樹身微微晃動，不少樹葉隨之飄下，我的鬱悶頓時一掃而空。

「我要是早點想到這種方法就好了。」我望著一地落葉，感嘆一聲。

如果掃地前先把落葉都踹下來，再一起清理，就不用來回打掃，會省了多少事，這樣我就不會被衛生股長電一整個學期了。

衛生股長站在一旁監督我掃地，待他檢查過後，才皺著眉說：「妳明明就能做好，爲什麼每次都要我盯著妳，妳才肯去做？」

「我才想知道爲什麼你要對這種小事斤斤計較呢……」我回嘴，見他眉頭皺得更深，連忙說：「好了啦，都學期最後一天了，我們這樣也算是有始有終，希望高二的時候我們兩個不同班，或者你不要再當衛生股長了。」

他顯然同意我的話，欣慰地拍著我的肩膀，「我們終於有了共識。」

我擺手，轉身離去，「好啦，暑假愉快。」

「妳是不是不來上暑期輔導課？」他忽然說。

「對啊，幹麼？」我回頭看他。

「既然如此，我得提醒下一任衛生股長，暑假期間不要安排妳的掃地工作。」他推了推眼鏡，對我露出很敷衍的笑容，「暑假愉快。」

回到教室，苗苗已經收拾好抽屜，把所有雜物裝成一大袋，準備帶回家，我背起書包，與她離開學校時，看她搬運得頗吃力，便伸手幫忙提著那一袋，一起走去校門口。

我和苗苗邊走邊聊，出了校門，一輛白色轎車停在路邊等著。

苗苗媽媽一見到我們，立刻下了車，打開後車廂，把那一大袋的東西放進去，對我笑了下，「天氣這麼熱，謝謝妳特地幫苗苗搬東西，不介意的話，我們一起去吃午餐吧？」

苗苗立刻狂點頭，跟著附和，「來嘛，吃完午餐，我媽可以順路送妳去搭公車，天氣這麼熱，傻子才自己走路回家。」

我想了想，點點頭。

苗苗歡呼一聲，拉開車門推著我坐了進去。

我們在後頭聊著班上同學的八卦，苗苗媽媽在前座專心開車，從後照鏡裡看得見她臉上的微笑。

我有點羨慕苗苗。

我從沒見過我媽媽。

我的父母很早就離異，從我開始懂事以來，就是跟奶奶一起住在鄉下，爸爸偶爾會帶著他的再婚對象來探望我們，平均一年兩三次左右，我見到我爸的次數還沒有苗苗媽媽來得多。

但我不介意，我喜歡和奶奶共同生活的日子，或者說，我的人生裡可以沒有爸爸，卻絕對不能沒有奶奶。

我們來到一家簡餐店，一起愉快地享用午餐。

這個時間接近下午，店裡人不多，室內播放著輕鬆的音樂，冷氣吹出宜人的涼風，舒適到連店貓都睡著了，整間店瀰漫著一股悠閒的氣氛。

用餐時，我們聊了許多學校發生的事，餐桌上不時傳來歡笑聲。

苗苗媽媽是個很開朗健談的人，很樂於參與我們的話題，當苗苗提到對老師的不滿時，雖然她不見得認同苗苗的想法，但還會站在自己女兒那邊，與她一起同仇敵愾。

離開餐廳，苗苗媽媽開車送我到公車站，苗苗本來想陪我一起等車，但接下來她與其他人有約，叮嚀我回家注意安全後便離開了。

我打了個大呵欠，沒過多久，公車很快就來了，我坐進靠窗的座位，在搖搖晃晃的車上睡著了，醒來時剛好到站，我拎著書包衝下車，走到一旁，解開腳踏車的鎖，踩上踏板，頂著烈日到了菜市場。

「奶奶，我來了！」我喊道。

奶奶在廟口旁的菜市場擺攤賣蔥抓餅，最近天氣熱，生意反而好了起來，大太陽底下居然還有人在排隊等候。

「黛穎，今天這麼熱，趕快來喝點果汁。」隔壁賣果汁的陳婆婆很熱情地倒了一杯蘋果汁給我。

「謝謝婆婆。」我接過果汁，和她寒暄了兩句。

鄉下地方民風樸實，大家已經熟識多年，彼此都不吝分享自己的東西，我從小跟著奶奶擺攤，陳婆婆也算是看著我長大的，每次見到我，總是會請我喝果汁。

看到攤位前的最後一位客人離去，我向陳婆婆打聲招呼，便走了回去。

「考完試了？考得好嗎？」奶奶笑咪咪地問，手邊拿起一張餅皮，「吃過了沒？」

「吃過了吃過了。」我連忙阻止奶奶要煎餅的動作，「考得……還可以吧。」

奶奶拉了張椅子坐下，調整一下電風扇的方向，讓我也能吹到風，「最近生意不錯，妳要不要去把暑期輔導費繳了，不然開學會追不上大家的進度。」

我搖搖頭，「不用了，錢還是留著開學買課本吧。」

奶奶沒說什麼，其實我們都知道，所謂的生意好點，只是收入能應付基本的生活開銷，但不足以負擔暑期輔導的費用。

我拍拍奶奶的手，「沒關係啦，暑假我在家裡自習，把基礎打好，開學就不會落後太多。」

我高一的成績總不離倒數前三名，其實程度早已落後別人一大截，不過這件事奶奶並不知情，一直以來，我的聯絡簿和成績單都是自己簽名交差。

下午三點半，太陽高照，外頭熱氣蒸騰，長年擺攤下來，奶奶已經習慣了這股炎熱，她坐在陰影底下，津津有味地看著小電視。

我動來動去，熱得只想逃離這個地方。

「奶奶，我們早點回家吧？」我提議，「今天換我煮飯，院子種的空心菜差不多可以吃了。」

奶奶笑了幾聲，擺擺手，「五點多還會有客人來買蔥抓餅，沒有多久了，再等一下。」

說完，她從口袋裡拿出五十元硬幣，像哄小孩似地跟我說：「妳去吃碗冰再回來。」

實在受不了這般酷熱，我拿著奶奶給的零用錢，趕緊跑去附近的冰店消暑。

收攤時，太陽已經下山，天上布滿了點點星光。

我騎著腳踏車，載奶奶回到家裡。

遠遠地，我看見一名陌生的男子背著大背包，站在我家隔壁的屋門前。

前幾年，鄰家的爺爺奶奶因爲身體的關係搬到大城市裡，聽說後來相繼過世了，留下一棟空屋在這裡。

難道是要來買房子的人？

可是這個地方那麼偏僻，交通不便，也不是什麼名勝景點，這幾年村子裡的年輕人都到外地打拚了，只剩下老人家和小孩子，我實在想不透會有人想在這裡買房的動機。

而且從他的相貌與穿著來看，感覺只是個學生。

他不斷張望屋內的情形，在門前徘徊不去，行蹤看起來很可疑，那個人該不會是小偷？

我趕緊停下車，急煞車的聲音響起，陌生人回過頭來看著我們。

我衝上前，「你是誰？我從來沒看過你，爲什麼會出現在這裡？還一副鬼鬼祟祟的樣子！」

「不、不是，我是住在這裡的……」

「這棟房子已經好幾年沒人住了，要說謊也編個好一點的理由吧？」

我想也沒想地把書包砸到他身上，趁他手忙腳亂的時候絆倒他，將他雙手反剪在後頭，不過他背上還有個大背包，阻礙我施展動作，加上他不斷掙扎，我花了一點力氣才制伏他。

「奶奶，快報警！」

「不、不，別報警。」那個人急忙大喊，「我眞的是這戶人家的孫子！」

我很是懷疑，「我從來沒聽說過這戶人家有孫子。」

「那、那……」男子慌亂地說，「我告訴妳我爺爺奶奶的名字，證明我說的都是眞的，可以吧？」

奶奶忽然啊了聲，定睛細看男子的面容，「是小辰吧？」

「對對對，我是蘇北辰。」他的頭還被我壓在地上，「小妹妹，可以先讓我起來嗎？」

我看著奶奶，她對我點點頭，這才放開他。

他連忙起身，拍拍衣服上的灰塵，「妳好，我叫蘇北辰。」

我雙手環胸盯著他。

「喔，我想起來了，確實是這個名字沒錯。」奶奶親切地對他招手，「小辰，怎麼忽然回來了？」

「我大學放暑假了，印象中這裡夏天的晚上有很多星星，所以想趁長假回來老家看看。」蘇北辰走上前，對奶奶柔聲解釋，態度很和善，好像剛剛被我壓在地上的人不是他一樣。

「這樣啊。」

奶奶理所當然地接受了他的說詞，但我還是半信半疑。

「你應該還沒吃晚餐吧？」奶奶打開家門，轉頭對他說：「一起來吧，你奶奶家好久沒人住了，就算要住進去，還得打掃一下，先進來吃飯，晚點叫黛穎帶你去巷口買打掃用具。」

奶奶說完，便進了屋裡，我對他點點頭，「進去吧。」

蘇北辰感覺有些意外，用一種半是好奇半是詢問的眼神注視著我，「妳都是這麼招呼陌生人嗎？」

我還沒理解他的意思，又聽見他問：「用這麼激烈的……呃，手段？」

我雙手環胸，解釋：「我沒見過你，你看起來又很可疑，所以才會這麼做的。」

「既然一切只是一場誤會，妳是不是應該跟我道個歉？」蘇北辰指了指自己的臉，揚起笑容，「雖然小心爲上是好事，不過我可不是壞人。」

我以爲他會非常生氣，沒想到他只是笑著揭過這件事，真是個怪人。

「我怎麼知道你是不是壞人？」我皺起眉頭，堅決不道歉。

他一愣，從皮夾裡拿出身分證，「我真的是蘇北辰。」

我看著那張與他本人不太相似的證件照，「知道了，蘇北辰你好，我是孫黛穎。話說回來，身分證只能證明你是誰，又無法證明你是不是壞人。」

蘇北辰搔了搔臉頰，大概也覺得自己的舉動有點蠢。

這時，奶奶的吆喝聲從屋裡傳來，「黛穎，妳把院子的空心菜拿進來，我來炒一盤菜。」

我正想走向院子時，不禁擔心蘇北辰會趁機做出什麼舉動，依然不敢鬆懈，緊盯著他。

「妳防備心好重。」他逼近我，「如果我真的是壞人，妳要怎麼辦？」

「報警。」我回答，用力推了他的肩膀，「警告你，不要再靠過來。」

蘇北辰看了我好一會兒，突然哈哈大笑。

「我不是小偷，也不是壞人，妳可以叫警察來，我相信他們可以證明我的清白。」蘇北辰直爽地說。

我眨了眨眼，還沒做出反應，便再次聽到奶奶的呼喊聲。

「喔！」我應了一聲，決定暫時放下蘇北辰的問題，隨手一甩把書包扔在門口，往院子走去。

「在哪裡？我來幫忙吧。」蘇北辰跟了上來。

我指向擺放在角落的盆栽，「那裡。」

他望著那一盆翠綠，有些錯愕，「菜都在土裡，還沒採收？」

我點頭。

他愣愣地喔了一聲，但沒有任何動作，像是想幫忙卻不知道要從何下手。

我很快摘下空心菜，走到一旁用水把上面的泥土都沖乾淨，轉身進到廚房裡，順便招呼蘇北辰到客廳坐坐。

我本來想和奶奶一起準備晚餐，但她執意要我去招待客人，於是把我趕了出來，還給了我麥香奶茶與麥香紅茶。

我把兩瓶飲料放到桌上，「你要喝什麼？」

「呃……」蘇北辰看著我，語氣遲疑，「妳先選？」

他才剛說完，我二話不說地拿走奶茶，把紅茶推到他面前。

他莞爾，「既然妳已經有想喝的口味，幹麼還問我？」

我將吸管插進鋁箔包，吸了一口奶茶，「奶奶說要有禮貌。」

蘇北辰的眼裡充滿了懷疑，「我可不覺得妳是個有禮貌的人。」

我瞪了他一眼，「我對好人都很有禮貌。」

他想了會兒，「所以妳現在相信我不是壞人了嗎？」

「觀察中。」

蘇北辰低低地笑起來，「反正我在妳的地盤，妳隨時要報警都可以。」

我正想著該如何回應他的時候，奶奶已經煮好晚餐，出來喊我們吃飯了。

餐桌上是一道炒空心菜，荷包蛋，以及一盤鹹豬肉，是很常見的菜色。

奶奶夾了幾筷菜到蘇北辰的碗裡，「這個鹹豬肉是附近原住民做的，你吃吃看，你奶奶很喜歡，後來還讓我寄過幾次給她。」

蘇北辰笑著應聲，很給面子地大大扒了一口飯，並大力稱讚很美味。

蘇北辰順其自然地與奶奶聊起他爺爺奶奶搬到大城市的事，我插不上話，只好埋頭吃飯，不知不覺就吃撐了。

「妳胃口眞好。」蘇北辰看著我，忍不住讚嘆。

我回了他一記白眼。

用完餐，我帶蘇北辰去巷口的雜貨店買打掃用品。

我們漫步在鄉間小路上，四周不時傳來蟲鳴聲，在一陣陣此起彼伏的鳴叫聲中，他突然問：「妳們平常都吃得這麼簡單嗎？」

我瞬間停下腳步，蘇北辰也跟著我停了下來。

「這幾道家常菜跟奶奶以前做的料理味道很像，覺得挺懷念的。」他繼續說。

聽到這話，我鬆了一口氣。原以爲蘇北辰會表現出很不屑的樣子，看來他只是單純感到好奇而已，他並不像我先前見過的都市人，態度高高在上，對鄉下的一切嗤之以鼻。

之前我從我爸的嘴裡聽過一樣的話，當時他與他的妻子望著奶奶煮的那一桌菜，雖然沒多說什麼，但眼裡都是瞧不起。

我踢著路邊的石子，「差不多吧，但平常我不會吃這麼多就是了。」

他低低地笑了起來，心情似乎很好的樣子，「我還是第一次見到這麼能吃又能打的女生。」

「誰讓你突然出現在這裡，還一副行蹤可疑的樣子，奶奶對誰都很好，連對陌生人也很沒防備，我當然要小心一點。」

到了雜貨店，蘇北辰挑了幾樣打掃用具，我順便採買些家裡需要的日用品，結帳的時候，老闆用一種很曖昧的眼神打量我和蘇北辰。

爲了不想被繼續誤會，我只好開口解釋事情的來龍去脈。

聽我說完，老闆有些意外，「妳家隔壁？那對老夫婦不是都搬走好久了嗎？妳確定這小伙子說的都是眞話？」

我瞄了蘇北辰一眼。

你看吧？不是只有我不相信你。

蘇北辰聳了聳肩，從容不迫地說：「之前住在那裡的是我爺爺奶奶，他們過世一陣子了，剛好我放暑假，就回來打掃一下舊房子。」

老闆點點頭，開始滔滔不絕地跟蘇北辰聊了起來，聽著聽著，我覺得有些無趣，便提著東西走到店外等他。

我靠著牆，抬頭仰望滿天星星，想起方才見到蘇北辰的情景。

星空下，站在老房子前的他，看起來像是偶像劇的男主角般如夢似幻，儘管下一秒就被我打倒在地上，整個人變得頗爲狼狽。

等了好一會兒，見蘇北辰遲遲不出來，我忍不住探頭進去打斷他們的對話，「老闆，他還要回去打掃房子，你再跟他聊下去，他晚上只好來睡你家喔。」

老闆哈哈大笑，「好啊，我家還有間空房，歡迎來過夜。」

我趕緊拉著蘇北辰往外走，朝老闆揮手，「時間也晚了，我們改天再聊。」

走了一段路，蘇北辰吐了口長氣，「你們這裡的人都這麼熱情嗎？」

「怕了？」我打趣。

蘇北辰愣了下，搖搖頭，「倒也不是，就是……話有點多。」

我失笑，看來蘇北辰早就想離開了，而我的出現，剛好幫了他一把。

「小時候，每當我把奶奶給我的零用錢花完了，就跑去雜貨店找老闆聊天，讓他請我喝飲料、吃餅乾，當時還以爲自己賺到了。」我吐了吐舌，「後來才知道，奶奶會偷偷去雜貨店，把帳給結了。現在想想，老闆是因爲彼此間有交情才會讓我們這麼做，如果是在大城市裡，誰要理我。」

蘇北辰表示同意地點頭。

「不過最近老闆眞的越來越多話了，下次你來買東西，隨便閒聊兩句就可以走了，要是陪他一直說下去，他眞的可以講到天荒地老。」我擺擺手，「鄉下地方就是這樣，如果你不願多聊，他也不會放在心上的。」

蘇北辰的眼裡染上一抹笑意，「所以妳相信我不是壞人了嗎？」

我聳聳肩，「就說了，我只是小心爲上。對了，你打算要住多久？」我好奇地看著他，「你們家都好久沒人住了，也不知道還有沒有水電。」

「住到什麼時候還不確定。」他說。

「既然你眞的是來過暑假的，那我帶你去玩吧，反正我也放假了。」我毛遂自薦，「我可以帶你去山裡走走，在山林中有一條清澈見底的小溪，還有遍地的花花草草，是本地人才知道的世外桃源，還有人特地跑去那個地方拍照。」

「好啊，我正有此意。」蘇北辰爽朗地應了，「妳奶奶說這附近有原住民，那我可以參觀他們的聚落嗎？我對原住民部落也滿有興趣的。」

「應該是可以，不過距離滿遠的，大概要騎車才到得了。」我指著遠方，「在山的另一邊。」

蘇北辰突然笑了起來，我一頭霧水地看著他，「你笑什麼？」

「沒什麼，只是聽妳這麼一說，感覺那裡好遙遠。」他順著我手指的方向望去，「看來我們要翻山越嶺才看得見。」

我不禁一笑。

這可是名符其實的「翻山越嶺」，一點都不誇張。

一路上，我們天南地北地聊著，很快就回到家中，蘇北辰則帶著打掃用具回到自己屋裡，準備大掃除。

奶奶正坐在客廳裡看電視，我跟她知會一聲，本來想上樓洗澡，結果被趕到隔壁去幫忙打掃。

當我無奈地走進蘇北辰家裡，竟看到他連家具上的防塵套都還沒揭開，就拿起拖把，打算要拖地。

「欸！等一下！」我大叫，趕緊阻止他。

蘇北辰困惑地看了我一眼。

「拖地是最後一個步驟，你怎麼先從後面的流程開始做起啊？」我指著防塵套，「等等你一拿掉防塵套，又會弄得滿地都是灰塵了。」

蘇北辰點了幾下頭，一副乖學生的樣子。

「總之，你先把拖把放下，聽我的話去做就對了。」我想了想，「時間也晚了，今天大概打掃一下就好，我們把防塵套拿掉，將地板掃一掃，桌子擦一擦，至於其他地方，明天再繼續清理，不然現在也弄不完，而且床鋪跟被子也得洗過才行……」

說著說著，我忽然覺得有點莫名其妙，爲什麼我要來別人家裡指揮他打掃啊？

「對了，是奶奶叫我來的，可不是我自己想幫忙喔。」我心虛地解釋，摸了摸鼻子，有點不好意思，感覺自己鳩占鵲巢了。

蘇北辰驀地哈哈大笑，「妳怎麼這麼可愛？」

等等，他說這話是什麼意思，是在反諷我嗎？

我掄起拳頭，「你欠揍嗎？」

蘇北辰愣了一會，笑得更大聲了。

他在我把拳頭招呼到他身上之前，止住了笑，「好好好，就照妳說的做。妳的話很有道理，過了這麼久，棉被大概也受潮不能蓋了，幸好現在是夏天，不蓋被子也沒關係。」

我噘起嘴，低聲說：「哼，晚上冷死你！」

蘇北辰沒聽清楚我的細語，微微傾身，「妳剛剛說了什麼？」

我朝他做了個鬼臉，「才不要跟你說，我們開始吧。」

蘇北辰家裡的格局和我家一樣，坪數不大，我們很快把客廳大略掃過，然後整理蘇北辰要入住的房間。不出所料，山裡濕氣重，不僅床單被套不能用，連床墊也都發霉了，我們兩人相視一眼，我看了看手錶，快十一點了……

「今天晚上肯定是弄不完了，不如你先睡我家客廳吧？」我問他，「雖然沒有床，但總比睡在這好……」

蘇北辰二話不說就答應了，我不禁哀號，「早知道你橫豎都要睡我家，我們幹麼不明天再掃啊，累死我了！」

他微笑，「明天陪我去市區買東西吧？順便請妳吃飯。」

我偏著頭考慮了會兒，還沒有答應，又聽見他說：「兩餐。一餐感謝妳幫我打掃，一餐謝謝妳陪我買東西。」

「成交。」我拍了下他的手掌，然後補充：「但是不能太晚回來，我還要幫奶奶收攤。」

「沒問題，我們早點出發，很快就能搞定。」

我們回到家的時候，奶奶早就上床睡覺了，我拿了一條毯子給蘇北辰，跟他說了浴室的位置後，便各自洗澡睡覺。

隔天早上，天都還沒亮，我聽見奶奶走到床邊問我蘇北辰爲什麼會睡在客廳，我揉著眼睛簡單交代完前因後果，便倒頭又睡。

等到我睡醒，下了樓才知道大事不妙。

「所以，這個暑假，你要幫我上課？」

我很錯愕地坐在位子上，聽著蘇北辰和奶奶告知我這件事，久久無法回神。沒想到他們趁我還在熟睡時，默默達成了協議。

蘇北辰笑咪咪的，奶奶也笑咪咪的，當下我只想立刻奪門而出，逃到天涯海角，再也沒有人能找到我。

「爲什麼！爲什麼啊！」我哀號，強烈表達出我的不樂意，「蹋公北，現在是暑假！」

「別人都有暑輔妳沒有，課業會落後的。」蘇北辰坐在我對面，邊吃著奶奶準備的早餐，邊理所當然地道，「奶奶說了，以後我可以來妳們家吃早、晚餐，就當作是補習費。」

我看著奶奶，奶奶一臉無辜地看著我。

「能不能不上課？」我嘗試做最後的掙扎。

「放心，一對一教學的話，進度可以自由掌控，我們不需要上這麼久。」蘇北辰想了想，勸慰我，「如果妳程度夠好，也許只需要四個小時。」

我心累，我這個從來沒脫離過倒數前三名的人，有程度可言嗎？

「妳就去上吧，不然……」奶奶愧疚地說。

只是沒錢上暑期輔導課而已，我樂得輕鬆，但很顯然奶奶不是這麼想的。

「好吧，那……至少從明天開始吧？」見奶奶臉上滿是擔憂，我一下子就心軟了，很不情願地接受了他們的安排，同時爭取最後一大玩樂的機會。

「好。」蘇北辰馬上應聲，「今天我們還要去買東西。」

我無話可說，只好默默拿起桌上的早餐狼吞虎嚥。

人家是天上掉餡餅，我是天上掉老師下來，等級未免也差太多了。

奶奶今天比較晚出門，錯過了早上菜市場人正多的時間，現在去擺攤大概也沒什麼客人，只賣一個下午，實在不太划算，所以在我跟蘇北辰的勸說下，奶奶總算同意在家裡休息一天。

我吃完早餐，跟奶奶說了一聲，便帶著蘇北辰去市區買東西。

只是一出門就遇上了點困難，家裡只有一輛自行車，從村子到公車站，得騎三、四十分鐘左右才能抵達。我看著蘇北辰，糾結了許久，決定犧牲一下自己。

「上車吧，我載你。」我把心一橫，對他這麼說。

「應該是我載妳才對吧，哪有女生載男生的道理？」蘇北辰挑起眉頭，忽然想到什麼事，笑了出來，「妳是不是以爲我不會騎腳踏車？」

我眨了幾下眼睛。的確，我是這麼以爲的。

「我覺得我好像被妳小看了。」蘇北辰脣角微彎，把後背包背到前胸去，騎上腳踏車，「走吧，我不認得路，所以妳要告訴我怎麼走。」

不認得路？那你昨天怎麼來的？

這句話我默默吐槽在心裡，沒說出口。

「你不能怪我，誰叫你的行爲眞是出乎我的意料，像是掃地這件事，哪有人從拖地開始做起的。」我辯解。自從發生昨天那件事，我對他就不是很放得下心。

蘇北辰搔了搔臉頰，「我沒怪妳，我的生活技能確實不太好。」

我聳肩，坐上後座，對他道：「你要是騎不動的話，可以換我騎。」

蘇北辰沒回頭，但話語裡都是笑意，「妳真的很瞧不起我。」

拜託，是你看起來一副弱不禁風的樣子，我才好心這麼說的。

我撇撇嘴，沒多說什麼。

上路後，我只顧著抓住他的衣角，不安地留意四周的路況，比他還緊張。

總算到了公車站牌的時候，我背上都滲出一層冷汗。

之後我們搭上公車，很順利地進入市區，買到蘇北辰要的東西後，我們找了間飲料店坐下來休息。

他喝了幾口飲料，然後問：「這附近哪裡有書局？」

我想了想，「前面有一家誠品。」

「我不要誠品，我要的是有賣參考書的那種小書店。」

我突然覺得不太妙，弱弱地說：「那要到學校附近才有。」

「很遠嗎？」

我昧著良心點頭。

「那叫計程車過去吧。」

我突然跳起來，對上蘇北辰疑惑的目光，覺得繼續說謊也不是辦法，於是垂頭喪氣地坐了下來，「其實並不遠，過幾條巷子而已。」

他這才明白我的反應怎麼這麼大，啞然失笑，「原來妳騙我啊。」

我嘟囔，「用膝蓋想也知道，你買參考書一定是要買給我的。」

蘇北辰誇獎了我一番，「妳眞聰明。」

我覺得自己完全被鄙視了。

我悶悶不樂地鼓起雙頰，他輕揉我的頭髮，低聲道：「午餐想吃什麼？」

我愣愣地看著他，腦袋一片空白。從小到大，我沒有跟男生這麼親近過，印象中，我曾見過苗苗的哥哥這麼待她，當時他的神情流露出對妹妹滿滿的疼愛。

直到蘇北辰收回了手，我還是無法回過神來。

原來被男生摸頭是這種感覺嗎？

好像……還不錯。

「想什麼？」蘇北辰的手在我面前晃了晃，「妳不喜歡別人碰妳的頭髮？」

「不是，我很喜歡！」我脫口而出。

蘇北辰愣了一下，我整個人瞬間僵住，內心不斷哀號，爲自己的一時口快懊惱不已。

我到底在說什麼，很喜歡別人摸自己頭髮是什麼意思啦！

我連忙轉移話題，「你中午有什麼特別想吃的嗎？」

蘇北辰搖搖頭，「先找間有冷氣的餐廳吧，天氣這麼熱，我們身上的東西又多，小吃攤可能不方便。」

我頷首，看著窗外的驕陽，瞇起雙眼，「那吃簡餐？這附近有一家小餐廳，裡面有賣義大利麵、中式簡餐還有小火鍋，價格不會很貴。」

蘇北辰同意，「聽起來滿不錯的。其實不見得要找價位很便宜的店，只要好吃，就算貴點也沒關係。」

我偏頭，「你家很有錢？」

蘇北辰想了會兒，「不算很有錢，但還過得去。」

「是喔，真羨慕你，像我家就沒這麼寬裕了，所以在各種花費上是能省則省。」我喝了一口飲料。

和奶奶生活多年以來，家裡總是入不敷出，依靠奶奶微薄的收入，我們祖孫倆還能勉強度日，只是幾乎存不了多少錢。

蘇北辰拍了拍我的頭，「小小年紀不要為了錢愁眉苦臉的，走了，去吃飯。我請客，妳可以多吃一點。」

我有種錯覺，覺得自己像是學校的那隻校狗小白，被主人摸頭順毛。

我和蘇北辰一起提著滿手東西回到家時，已經晚上七、八點了，屋內卻一反常態，一片漆黑，我擔心是不是發生什麼狀況，便急忙衝了進去。

走進客廳，看到奶奶躺在涼椅上打瞌睡，我鬆了口氣，上前輕輕搖醒她。

「你們回來啦？我去做晚飯。」奶奶緩緩坐起身。

「不用不用，我們吃飽了。」我看著奶奶略顯蒼白的臉色，「妳不舒服嗎？」

最近幾年奶奶的身體一直不太好，儘管有定期去看病拿藥，情況還是沒有好轉，我總是擔心哪天奶奶會突然發生什麼狀況，常常為此提心吊膽。

見奶奶蹙起眉頭，我有點擔憂地問：「吃藥了嗎？」

蘇北辰倒了一杯水，遞給奶奶。

「先喝點水。」

奶奶喝了幾口，氣色才稍微好些，「今天沒工作就忘記吃藥了。」

我嘆氣，「我去幫妳煮麵，妳先吃藥吧。」

奶奶嗯了聲，神情充滿歉疚，她沒多說什麼，打開電視，節目裡傳來的歡笑聲，逐漸沖淡橫在我們之間的尷尬。

我去廚房拿鍋子燒水，一邊等水煮開，一邊忙著備料的同時，眼角忽然瞄見蘇北辰倚在廚房門邊。

「你也想吃？」我詫異，「我們晚餐吃這麼多，你還吃得下？」

「沒有，只是來看看有沒有什麼我能幫忙的地方。」蘇北辰走到我身邊，「雖然妳跟我弟年紀一樣大，但和他比起來，妳會的事情還眞多。」

「原來你還有個弟弟。」我將肉絲抓醃，「畢竟家裡只有我和奶奶，有時候她身體不舒服，當然就是由我負責煮飯、做家事。」

「奶奶生了什麼病？」

「高血壓。」我回答，見到水滾了便扔下麵條，「我們有定期去鎮上的衛生所拿藥。」

「衛生所還能拿藥？」他驚訝地說。

我把肉絲跟備料一起下鍋，「這裡是偏鄉，根本沒有醫生想來看診，如果連衛生所都不能拿藥，我們該怎麼辦？」

「沒想過搬到大城市嗎？那裡醫療設備比較好，生活機能也方便多了。」

我搖搖頭，「奶奶不習慣，我也不習慣。」

見麵煮好了，蘇北辰比我先一步拿起旁邊的隔熱手套，從火爐上端起熱湯鍋。

「喔……謝謝。直接端給奶奶就好了，這樣可以少洗一個碗。」我吶吶。

「好。」他應聲，端著熱鍋走到客廳去。

蘇北辰把麵端上桌後，便坐下來和奶奶聊了好一會兒。

我心不在焉地看著電視裡播映的鄉土劇，見他們聊得很熱絡，似乎沒有要停下來的意思，於是默默起身，「我先回房間了。」

「明天早上九點上課，不要忘了喔。」蘇北辰在我身後叮嚀。

我回頭看著他和奶奶，黯然點頭。

一想到我的暑假就這麼結束了，頓時覺得悲從中來。

洗好澡，我吹乾頭髮後，熟練地爬到屋頂上。

今晚的夜空清澈無雲，遍布點點繁星。

我鋪開塑膠布，仰天躺著，一陣寂靜中，突然聽見隔壁屋裡傳來輕快的音樂聲，是一首我沒聽過的英文歌。

看來蘇北辰已經回去了。

我們兩家比鄰而居，他的房間就在我房間的隔壁，我本來想翻過屋頂去嚇嚇他，但想想還是作罷。

我滿腦子胡思亂想，一下子猜想蘇北辰爲什麼會想回來暫住，一下子困惑他幹麼幫我補習，後來又想到他弟弟不知道是個怎樣的人，是不是跟班上男生一樣討厭？

最後我沒有得到任何答案，打了一聲呵欠，索性收拾東西，回房睡覺。

✦

我攤開高一課本，懶洋洋地托著腮，用眼角餘光瞄了蘇北辰一眼。

他看著我的成績單，已經皺眉超過十分鐘了。

「喂，蘇北辰，你到底想從我的成績單裡看出什麼端倪？」

「我只是在想你們班三十五個人，妳考了第三十三名，是什麼意思。」蘇北辰看起來是眞的打從心底感到難以理解，而不是在反諷。

我漫不經心地說：「說明我是全班倒數第三名，這有什麼好想的。」

蘇北辰轉過頭，認眞地注視我，「但是，這裡是偏鄉。」

「那又怎樣了？」

「在競爭沒那麼激烈的環境下，如果妳還不好好努力，是考不上好大學的。」蘇北辰憂心忡忡地說。

我兩手一攤，「還要你說，我也知道。當初我是想念高職，然而那所學校離家滿遠的，會比現在多花半個小時的通勤時間，我又不知道可以學什麼一技之長，所以才念了高中。」

蘇北辰深吸口氣，「依照妳的情形，我們每天得上六個小時的課才行。」

我頓時一驚，嚴格抗議，「這樣我的暑假都泡湯了！」

「妳這種成績，還想放暑假？」蘇北辰挑眉，「妳還是乖乖念書比較實在，不然開學會跟不上大家的進度。」

我聳肩，「反正我已經落後很久了，沒差吧？」

蘇北辰搖搖頭，「我猜妳大概是從國中就沒把底子打好，所以成績才會這麼差。」

「那倒是，我國中成績就不太好了。」我不以爲意地說，見蘇北辰欲言又止，忍不住問：「幹麼啊？」

蘇北辰頓了頓，「我沒有別的意思，但……妳不覺得考不好不會很丟臉嗎？」

我想了會兒，「一開始是有點，不過時間一久也就習慣了。雖然我考不好，但不代表我其他事也做不好，像我打掃就比你強，可能連廚藝都比你厲害。」

蘇北辰恍然大悟，「我懂了，看來妳是個很務實的人。」

「啊？」

「妳覺得學校教的東西都沒有用，所以根本不想念書。」他很肯定地說。

我點頭，「你跟算命的一樣，都知道我在想些什麼。」

蘇北辰莞爾，「這就是偏鄉的困境，知識不能立刻轉變成有用的技能，所以很多學生對於升學這件事也沒那麼看重。」

「你到底在講什麼？」我用筆戳了戳他的手臂，「說點我聽得懂的話可以嗎？」

「好。」蘇北辰清了一下喉嚨，用一種宣布政策的口氣說：「從今天開始，每天都要隨堂考，考我教的範圍，如果全對了，只要上四小時的課就好，如果錯超過一半以上，我們就上六小時的課。」

我瞬間覺得人生一片愁雲慘霧。

接下來，我暑假的第一個星期都在課業中度過。

由於每次的隨堂考我都錯誤連連，以至於天天都上滿六小時的課，從早上九點到十二點，下午兩點到五點，分成兩個時段教學，不過短短一週內，蘇北辰無數次對我的考卷皺起眉頭，思量過後，決定把授課難度降低。

每天到了五點，我會去幫奶奶收攤，蘇北辰也會趁這個時候跟我去附近晃晃。

今天下課後，我和蘇北辰邊走邊聊，還沒到菜市場，遠遠地就看見有位婦人在奶奶的攤位前爭執不休，我連忙跑過去。

「老闆，妳這個不對啦，我要的是沒加蛋的。」婦人指著咬了一口的蔥抓餅，不滿地說。

奶奶看了我一眼，臉上充滿爲難的神情，她猶豫片刻才對婦人說：「我再做一份給妳。」

「是妳弄錯的，不能算錢啊！」

我對眼下的狀況仍一頭霧水時，一旁果汁店的陳婆婆急忙把我拉了過去，說這個奧客三不五時就來找麻煩、占便宜，附近的攤販都吃過虧，八成是因爲奶奶很好說話的關係，她尤其愛占奶奶的便宜。

這麼一聽，我壓抑不住心中的怒氣，看到奶奶正要將做好的蔥抓餅遞給婦人，於是立刻衝過去把蔥抓餅搶了下來。

「三十五元，謝謝。」我冷冷道。

「妳誰啊！這麼沒禮貌。」婦人臉臭得像是水溝汙泥。

「我是老闆的孫女。」我擋在奶奶前頭，「吃東西要付錢，妳媽沒教過妳嗎？」

「是老闆做錯！」她大吼大叫，「賠我一份本來就是應該的。」

「做錯是我們不對，不然妳把原本那份還給我們。」

「我都吃過了！」

「吃過就付錢。」我伸出手，「兩份蔥抓餅，七十元。」

婦人直盯著我幾秒，接著突然把她手中的蔥抓餅砸到我身上，「還給妳們，另外那份我也不要了！什麼爛店！」

我看著衣服上的醬油汙漬，目光轉向那份掉在地上的蔥抓餅，想也沒想地抓住她的手腕，「王八蛋，給我道歉！」

啪！

四周一陣安靜，彷彿連呼吸聲都消失了。

我不敢相信她居然打了我一巴掌。

我想也沒想地回敬她一耳光。

下一秒，她正要撲上來的時候，我被人往旁邊一拉，婦人撲了個空，忿忿地看著擋在前面的蘇北辰。

「這位太太，剛剛的過程我都有錄影，如果妳還要繼續找麻煩的話，我們就去警察局報案。」蘇北辰的聲音低沉，隱約有股強烈的壓迫感，婦人發現自己討不到好處，嘴裡罵了幾句，便轉身離去。

陳婆婆立刻裝了一袋冰塊給我，「趕緊拿去敷著臉頰，比較不會痛。」

我接過冰袋，沒立刻冰敷，而是回頭關心奶奶的狀況。

「奶奶妳有受傷嗎？」我上上下下地打量她，「下次那個奧客再來，妳就直接報警。」

奶奶心疼地看著我，「都腫了。」

我輕輕觸摸被打腫的臉頰，沒感覺到任何疼痛，只是有點熱辣辣的。

「對啊，應該把那人帶到警察局去才對。」我不甘心地道。

奶奶聽我這麼一說，反而笑了，「跟那種人吵下去也沒用……算了，回家吧。」

吃完晚飯，我帶著蘇北辰到附近山坳處的溫泉放鬆一下，在夏天的夜晚，我們兩個感受著微風捎來的涼意，腳下浸泡在熱氣蒸騰的泉水中，身心頓時感到一陣舒暢。

「今天下午謝謝你。」我對蘇北辰說，「要不是有你出面幫忙，我還真不知道事情會怎麼發展。」

蘇北辰轉頭看我，「妳幹麼跟那種人動手？」

「奶奶是我唯一的家人，無論如何我一定要保護她。」我淡淡地說，「從小到大，我看過太多因爲奶奶好說話，所以被占便宜的事了，如果我今天不這麼做，那個人食髓知味後還會再來的，所以這件事不管重來幾次，我都不會改變我的作法。」

蘇北辰沒作聲，只是凝望夜空。

我逕自道：「我想等我畢業後，乾脆不要念大學，直接找份工作算了，這樣奶奶不用去賣蔥抓餅，就不會再遇上那種人了。」

「少拿奶奶當擋箭牌了。」蘇北辰輕笑，「不過，妳怎麼每次一遇到事就先動手？也沒想過自己會不會受傷。」

「當下我哪有時間想這麼多啊。」我嘟囔。

過了良久，他才開口，「說起來，我從沒聽妳說過妳的父母。」

我晃動雙腳，看著水面泛起一圈圈漣漪，「我媽生下我之後，就跟我爸離婚了，後來不知去向，而我爸在我小學的時候再婚，直到現在，我跟他家裡的人都不太熟，畢竟偶爾才會見上幾面，平時也不太會打電話問候。」

蘇北辰拍拍我的頭，「多聯絡就熟了。」

「但每次見面我都不知道該說什麼。」我低著頭，有些彆扭，「我爸很忙，他也有自己的家庭要顧，前幾年我好像多了個妹妹，但從來沒見過她。」

「沒見過？」他有些意外。

「嗯，阿姨以前只來過幾次，這幾年只有我爸回來看奶奶……跟我。」我想了會兒，「我不是介意這種事，只是覺得我不是他的家人。」

「怎麼會？」蘇北辰安慰我，「妳畢竟是他的女兒。」

我搖搖頭，「我和他不過是血緣上的父女關係，他從來不曾養育過我，也很少關心我過得如何，明明是我的親生父親，但他更像是個陌生人，你不懂那種親人間的距離感有多可怕。」

蘇北辰沉默下來，大概是不知道應該對我說些什麼。

與親生父母的疏離，沒經歷過的人大概也很難體會其中的滋味。

「不過沒關係，我還有奶奶。」我往後一躺，看著天上的星星，「真希望趕快成年，這樣我就可以自立自強，去自己想去的地方。」

蘇北辰和我一起躺下來，溫柔地問：「那麼，妳想去哪裡？」

我想了想，「哪裡都可以。」

蘇北辰的眼底染上一抹笑意，「如果我想與妳一起同行，妳會歡迎我嗎？」

我很詫異地轉過頭看他，猶豫了一會兒才問：「莫非你跟你爸媽感情也不好？」

蘇北辰哈哈大笑，「沒有，我和我家人感情都很好，尤其是我弟，有機會的話，妳一定要和他見上一面，那傢伙是個很有趣的人。」

「是嗎？」我看著他眼裡閃動的光芒，不禁羨慕他擁有如此親密的家人。

蘇北辰像是察覺到我欣羨的目光，停頓了半晌，「如果課業有趕上進度的話，開學前要不要去我的城市看看？」

我坐起身，「可以嗎？」

「當然可以，我家還有間空房，到時候我帶妳去參觀我的大學，順便介紹我家人給妳認識。」蘇北辰看著我微笑，「他們人都很好，妳一定會喜歡他們的。」

「我要去！」我猛點頭，「就這麼約定好了。」

「好，那妳要認眞上課。」蘇北辰用手沾了點溫泉水，抹到我臉上，「到現在連多項式都還沒搞懂，妳眞的得加把勁才行。」

我又叫又笑，「老師！已經下課了，不要再說這些讓人掃興的事。」

「這是高一數學中最簡單的部分耶。」

我跳進溫泉裡，用手舀起水拚命往他身上潑，「我不要聽。」

蘇北辰知道我在胡鬧，也跟著跳進溫泉，往我身上猛潑水。

沒多久，我們兩個就濕得跟落湯雞一樣，連瀏海都在滴水。

看著狼狽的彼此，我們相視而笑。

嬉鬧過後，他先上岸，然後拉著我上去，「小心點，石頭有點滑。」

等我一站穩，一陣夜風正巧吹拂而過，我和蘇北辰一起打了個大噴嚏。

我們倆渾身濕透地回到家，一進門，卻看見奶奶倒在客廳裡。

我嚇得放聲尖叫，剛離開不久的蘇北辰聽到聲音馬上折返回來，一見到奶奶的情形，他立刻抱起奶奶，讓她躺在沙發上。

「奶奶，奶奶？」蘇北辰拍著奶奶的肩膀，在他的叫喚聲中，奶奶緩緩睜開了眼睛。

「妳還好嗎？」我湊到她面前，「是不是又忘記吃藥？」

蘇北辰走到廚房倒了一杯水過來，「先讓奶奶喝點水。」

奶奶在蘇北辰的攙扶下，一口一口地啜飲著水，我傻在原地回不了神，到現在心臟依舊劇烈跳動。

「你們是跑去玩水嗎？怎麼全身會濕成這樣？」奶奶放下杯子，對著我們兩人碎念，「都多大的人了，怎麼還像小孩子一樣，趕快去洗熱水澡，不然會著涼的。」

我看了蘇北辰一眼，瞧見他渾身狼狽的模樣，忍不住笑了。

確定奶奶沒事後，蘇北辰便回家休息去了。

等我洗好澡，打算去問問奶奶還有沒有哪裡不舒服時，發現她房間的燈已經熄了，也只好作罷。

當我爬上屋頂，竟意外看見了蘇北辰的身影。

「喂，你怎麼會跑來上面？」

「妳怎麼也在這裡？」蘇北辰聽到我的聲音，驚訝地回過頭，「奶奶好點了嗎？」

「她睡了。」

我翻過矮牆，走到蘇北辰身邊，「剛剛謝謝你，要是沒有你，我可能都不知道該怎麼辦了。」

蘇北辰拍拍我的頭，「小事一樁，不用道謝。」

我笑了兩聲，「還是要的。」

「妳沒想過帶奶奶去大醫院檢查看看嗎？」

「我爸曾這麼提議過，但奶奶她堅決不去，後來我們在市區的醫院做了檢查，除了一些數據比較不正常之外，主要就是高血壓的問題。」我坐了下來，「醫生說以老人家而言，這樣的情況還算正常。」

蘇北辰接著問：「那是多久以前的事了？」

我算了算，「三……四年前吧。」

「相隔這麼多年，還是去重做檢查比較好，老人家的身體變化很大，沒定期回醫院追蹤的話，很可能會有潛伏的症狀沒發現，要是突然發病，那可是令人措手不及的。」蘇北辰語重心長地道，「像今天的情況，要是我不在，妳該怎麼辦？」

我茫然地搖頭，「也許我可以請雜貨店的老闆開車送我們去急診室。」

「怎麼不叫救護車？」

「聽說叫救護車還要花錢。」

「沒這回事。」蘇北辰用指節敲了敲我的額頭，「下次再遇到這種情況，直接打一一九，比你們開車快多了。」

我暗暗把這件事記在心裡，席地躺下。

「蘇北辰，爲什麼有些人的家裡很幸福快樂，有些人的家裡卻有這麼多的問題呢？」

我輕巧一問，卻沒要他回答的意思，我想這個問題除了神明之外，沒人能回答得了。

他沒作聲，在我身旁躺下，雙手枕著頭，忽然說：「明天我們帶奶奶去大醫院檢查吧，我猜奶奶會昏倒，可能跟下午發生的那起衝突有關，對老人家來說那場面太刺激，一時受到了驚嚇，導致血壓升高卻降不下來，才會突然昏厥。」

「我沒意見，可是奶奶一定不會答應的。」我一動不動，「而且健康檢查不是都要先預約嗎？臨時去可以嗎？」

「奶奶的情況比較緊急，至少可以先讓醫生檢查一下，再安排身體檢查。」蘇北辰好像已經有了計畫，有條不紊地說，「可惜沒有車，不然我可以開車載妳們去。」

「跟雜貨店老闆借一下應該可以的。」我頓了頓，「這種天氣，搭公車太辛苦了。」

「好啊。」他應了一聲。

雖然我知道有些事遲早得面對，但始終不太敢去多想，所以一直逃避，彷彿一旦正視那些事，心裡的擔憂就會成眞。

「在想什麼？」蘇北辰問。

「沒有。」我答得很快。

見我不打算多說，蘇北辰也不再追問我，在無聲之中，我們靜靜地仰望夜空中的繁星。

「這樣的話，進度又會落後了。」蘇北辰忽然開口，「看樣子我們每天得提早一小時上課，才能把進度補回來。」

聽到他的話，我不禁失笑，「蘇北辰，你幹麼這麼盡忠職守，你也不過就待一個暑假，我之後考得好不好你也不知道吧？」

「我爲什麼不知道？」蘇北辰半屈著手臂，撐起身體，「妳把妳的成績單拍給我看不就行了。」

我倏地睜圓眼睛，「我爲什麼要做這種事？」

「因爲我是妳的老師，妳要聽我的話。」蘇北辰像是被我的表情逗得樂不可支，笑個不停。

我扁嘴，「我才不要拍成績單給你看。」

「爲什麼不要？妳明明不覺得很丟臉的。」蘇北辰拿我說過的話堵我，又柔聲勸：「拍吧，這樣我才知道妳考得好不好，妳有什麼不會的問題也可以問我。」

「說得好像你明天就要走了一樣。」我抱怨，然後強調：「暑假才開始一個多星期而已，先別急著想這些事。」

「好，那之後再說。」蘇北辰一臉無可奈何。

「所以蘇北辰，你爲什麼會來我們這種鄉下地方過暑假？」我問完，又想了想，「我以爲大學生的暑假應該很……醉生夢死？都待在家裡無所事事才對。」

蘇北辰一愣，接著哈哈大笑，「妳挑了個很貼切的形容詞。」

我用手肘撞了撞他，「所以是爲什麼？」

他思索一會，淡然地說：「就是想體驗看看鄉村生活，想知道一個人過日子是什麼感覺，而且我剛好失戀了。」

我震驚到跳了起來，不可置信地看向他，「你失戀了？但是你怎麼看起來一點都不難過？」

蘇北辰也翻身坐起，「雖說失戀了，但我眞的一點都不難過。」

我啊了一聲，說出心裡的猜測，「你是不是不愛她？」

「不知道，她向我告白的時候，我覺得沒有什麼不行就答應了，後來她甩了我，事後我也不覺得有多難受……」蘇北辰看了我一眼，然後望向遠方，「她說我不懂什麼是愛。」

我吶吶，不知道該說些什麼，只好沉默以對。

畢竟我沒有任何談戀愛的經驗，無法感同身受，而且他看起來神情挺平靜，似乎不需要安慰的樣子。

接下來的時間，我們只是一齊凝望星空，誰也沒再說話。

✦

隔天，好不容易說服奶奶去大醫院看病，蘇北辰便開車載著我和奶奶來到醫院，一到現場，才發現上午的門診已經全部額滿，只能掛下午的時段。

見時間還早，我們帶奶奶到附近的餐廳休息，好不容易挨到下午的門診時間，醫生先做了簡單的檢查，又照了X光片，確定沒有外傷後，安排下週進行健康檢查。

奶奶聽到下個星期還要來醫院，臉都垮了下來。

在回程的路上，她直說自己沒事，只是忘記吃藥，下星期不要再來醫院了，這麼一趟來來回回的，要花很多時間。

蘇北辰輕聲安撫奶奶，並趁機轉移話題，與奶奶聊起天來，漸漸地，奶奶的心情也好轉了些。

回到家的時候，已經是傍晚了，我發現奶奶的神情有些疲憊，便提議晚飯由我來負責，她先去睡一下，等煮好再叫她起來吃飯。

大概是真的撐不住了，奶奶一下就答應了，看著她緩緩回到房間後，我轉身走進廚房準備開伙。

「妳要做什麼？」蘇北辰來到我身旁，很好奇地問。

我打開冰箱，「番茄炒蛋、炒青菜，肉好像沒了……那做個燒豆腐吧。」

蘇北辰似乎是沒事可做，一直賴在廚房和我聊天、看我做菜，在閒聊的過程中，我很快就完成了今天的晚餐。

「飯還要等十分鐘，米心才會熟透。」我拿布擦手，把菜一一端上桌。幸好現在是夏天，菜擺個十分鐘也不會涼掉。

我轉頭對蘇北辰說：「你是不是有話要跟我說？」

他笑了下，而後嚴肅地點點頭，坐在餐桌邊，「妳有沒有考慮搬到大城市？」

我偏著頭，「你不是昨天才問過嗎？我的答案是沒有。」

「可是奶奶的身體這麼不好，如果以後得常常去醫院回診，妳要怎麼照顧她？家裡離醫院也滿遠的，要是哪天沒車可用，只能搭公車前往，我想這一段路途對奶奶來說會很吃力。」他的語氣充滿擔憂。

「下星期才要做檢查，你假設得太早。」

「是嗎？」蘇北辰挑眉，「我怎麼覺得是妳不想面對？」

我皺起眉頭，「蘇北辰，你到底要說什麼？」

「我沒有別的意思，只是想提醒妳，不要因爲妳個人的因素而不顧奶奶的健康。」蘇北辰的目光直直地望進我眼裡，「我感覺得出來妳不喜歡城市，但如果那裡眞的比較好呢？那裡能更妥善照顧奶奶呢？」

我抿緊雙脣，不想回答。

「當然，這都是妳的事，我沒有資格幫妳做決定。」蘇北辰平靜地說，「當然也很有可能，最後什麼事都沒發生，但醫生不是也說，很多老人家有一天沒一天地吃高血壓的藥，反倒使病情變得更嚴重嗎？」

「蘇北辰，你是不是以爲每個人的家庭都像你一樣幸福？有慈祥的父母、可愛的弟弟，還不用擔心家裡的經濟狀況。」我惱羞成怒，「我只想跟奶奶好好地在這裡過日子，不可以嗎？」

大概是沒見過我對他發怒，蘇北辰的表情有些驚訝。

我深吸幾口氣，「我不想跟你吵架，這件事等檢查報告出來後，我們再來討論可以嗎？」

「孫黛穎，妳能不能告訴我，妳到底在發什麼脾氣？」蘇北辰有些困惑，也有些生氣，「如果這是唯一也是最好的選擇，妳爲什麼不選？」

我哂笑，「你們這些人眞是站著說話不腰疼，我常聽到其他人說，明知道是住在可能有土石流，颱風一來還會淹水的地方，爲什麼不搬走？話說得眞容易，好像搬家就可以解決所有事情一樣，也不想想這裡是我家，我爲什麼要搬！離開了這個地方，我和奶奶要住哪裡！」

我越說越激動，怒視著蘇北辰，「你們都只想到自己，想過我們嗎？混蛋！」

我爸也是、蘇北辰也是，只會給出一些自以爲好心的建議，要是我們不接受，就會置身事外地說一些「是她們自己不想要」的閒話，到頭來，他們只是爲了要讓自己的良心好過一點，根本不是眞心爲我們著想。

我與蘇北辰沉默地對視。

良久，他先開口，「是我錯了，我確實沒有站在妳的立場去思考這整件事。」

我僵硬地轉開臉，「我去叫奶奶吃飯。」

一頓飯下來，餐桌上一片靜默，奶奶還以爲大家都累壞了，吃完飯便把蘇北辰趕回家，要我去洗澡。

洗過澡，我坐在床邊擦乾頭髮，腦子裡滿是蘇北辰的話。

「如果這是唯一也是最好的選擇，妳爲什麼不選？」

「黛穎？」

我聽見熟悉的聲音從外頭傳來，視線落向窗外，一抹身影出現在我房間外的陽臺上。

「你站在我房間外面幹麼？」我納悶。

我走上前去拉開了門，蘇北辰的房間就在我房間隔壁，他翻來我這裡，簡直輕而易舉。

「我想了想，覺得應該要好好向妳道歉，我完全沒顧慮到妳的心情，自顧自地認為這麼做，對妳們來說才是最好的方法。」蘇北辰頓了一下，「對不起，孫黛穎，這樣的我好像有點自私。」

蘇北辰都道歉了，我實在沒什麼好說的，何況，他說的話也沒有錯。

我搖搖頭，「先等檢查報告出來吧，可能事情根本沒這麼嚴重。」

「嗯。」他應了一聲。

冷靜下來後，仔細想想，其實蘇北辰挺關心我和奶奶的，否則身為一個外人，他大可不必對我說這麼多。

我用手指戳了戳他的手臂，語氣柔和許多，「今天我也有不對的地方，明明你是出於好意才這麼說的，我對你的態度卻那麼不好，你原諒我吧，老師。」

蘇北辰忍不住笑了，伸手揉我的瀏海，「我沒生妳的氣，我自己也不好。」

「那我們講和了？」我問，他頷首。

我朝他伸出手，蘇北辰輕輕往上一拍，算是揭過了這件事。

把話都說開之後，我和蘇北辰又爬上屋頂。

「以後妳要盯著奶奶吃藥才行，畢竟暈倒可不是件小事，有可能會撞倒後腦杓導致顱內出血，這裡又離醫院這麼遠，要是眞的出事了，到時候連急救都來不及。」蘇北辰挨著我坐了下來，叮嚀著。

我連連點頭，「我知道，從明天開始我都會記得的。」

接下來幾天，因爲擔心奶奶會突然發生什麼狀況，我和蘇北辰調整作息，早上先陪奶奶去擺攤，然後才回家上課，下午一上完課，便早早去幫忙收攤。

不知道是蘇北辰降低了難度，還是我眞的開竅了，這幾次的隨堂考我都考得不錯，蘇北辰也滿高興的，直說我只是沒掌握到讀書的訣竅。

做完健康檢查，我對奶奶說下次我和蘇北辰來看報告就可以了，奶奶樂得同意，對她來說，一整天都耗在醫院裡是最折磨人的事。

好在報告出來後，除了老毛病之外，沒檢查到其他病症，我不禁鬆了口氣。

蘇北辰也替我們感到開心，畢竟他一直擔心如果奶奶得了什麼慢性病，要回診實在太不方便。

於是這件事也就先暫時放下了。

我們的生活又回歸到最開始的時候，白天補習，下午我帶著蘇北辰到山裡玩，甚至還跑到他一直想去的原住民部落。

不過蘇北辰看起來有些失望，這裡的原住民都住在普通的房子裡，而不是那種很傳統的石板屋。

這個行程花了整整一天的時間，雖然很疲累，但至少我們嘗到了很好喝的小米酒，也吃了一頓很道地的原住民料理。

✦

時光飛逝，暑假很快就到了八月中。

再過不久，我即將要開學，蘇北辰也要回去他的城市了。

儘管蘇北辰再怎麼努力，仍無法短時間內彌補我落後的進度。一直到開學前兩週，我都還在跟三角函數奮鬥，之前說好要去蘇北辰的城市遊玩，也理所當然地無法兌現了。

相處久了，我才發現到，雖然蘇北辰看起來很好說話，但他其實是一個非常有原則的人，就我來看，大概近乎固執了。

「沒關係啦，等放寒假再來也不遲，不管是什麼時候來，我都很歡迎妳。」蘇北辰揉揉我的頭髮，這陣子他已經養成這個習慣，好像不揉我的頭髮就渾身不舒服似的。

我很失落，「可是現在離寒假還很久……」

蘇北辰只是淺笑兩聲，沒接話。

我托著臉，「既然不能去你的城市玩，明天我帶你去爬山吧？」

「妳的進度呢？」蘇北辰拍拍我面前的課本，「高二上第一次段考的進度，我們連一半……不，連三分之一都沒上到，根本別想去玩了。」

我覺得蘇北辰能夠在短時間內，把我高一落下的進度補起來已經是天方夜譚了，更遑論追上高二的進度。

「別上了啦，怎麼樣你都教不完的。」我趴在桌上，拿著筆在課本空白處亂畫，「即便上完第一次段考的進度又怎麼樣，之後你不能繼續教我，我還是會考不好。」

蘇北辰不高興了，拿著筆桿敲我的頭，「不可以這麼沒鬥志，不過就是讀書而已，就算我不在，妳還是可以問老師，不然也可以寫電子郵件問我。」

我還是懶洋洋的，「你也看到了，我的電腦只能勉強開Word，根本連不上網路，我要怎麼聯絡你？」

「妳可以用我的。」蘇北辰指了指他帶來的那臺筆電，「雖然已經用了兩、三年，但保養得還不錯，用到妳高中畢業應該沒問題。」

我傻了，呐呐地問：「這種東西可以隨便送人嗎？」

「我不是送妳，是借妳，條件是妳要把妳的成績單和考卷都拍給我看。」蘇北辰笑著說。

我望向他，「你幹麼對我這麼好？」

「因爲妳是我的學生。」蘇北辰的眼裡盈滿溫柔，「而且我爺爺奶奶住在這裡的時候，一定也受到妳們很多照顧，所以應當禮尚往來。」

我撐著頭，有點不太相信。

「幹麼用這種表情看我？」蘇北辰滿是疑惑。

「你對我們這麼好，我沒辦法回報你。」我很認眞地說。

「眞的想報答我的話……」蘇北辰低下頭，思索幾秒，「來當我學妹吧。」

我眨了幾下眼睛，「不可能，你別想了。」

蘇北辰就讀的是全臺知名的一流大學，就算讓我投胎重來，也絕對考不上。

他一開始只是淺淺地笑，到後來笑到忍不住趴在桌上。

我扁嘴，「你笑什麼？七月還沒過完，你不要隨便發神經，一副中邪的模樣，會嚇到人的。」

「我只是在想，妳還挺有自知之明的。」蘇北辰抹去眼角的淚水。

我哼了聲，「所以你還是想想別的條件。」

「妳眞的不用答謝我。」蘇北辰拍了兩下臉頰，「那臺筆電我也用很久了，其實是二手貨。」

「你本來可以繼續使用的，幹麼送我。」我搖頭，「不行，我一定要做點什麼來謝謝你，不然我過意不去。」

「那……妳帶我去登山吧？」蘇北辰偏著頭，「就是妳剛剛說的那個。」

「好啊，我帶你去爬合歡山北峰吧，我之前和住這附近的林姊爬過幾次，剛好這個時間很適合爬山，山上很涼。」我笑了起來，「不過我們還需要一點裝備，我去跟林姊借借看，如果不行就用租的。」

「直接用買的不是更省事嗎？」蘇北辰面露疑惑。

「不用啦，你只爬一次，買了很不划算。」我擺擺手，「你有帶相機吧？記得先整理一下記憶體，上面很漂亮，有很多風景好拍，我們順便來去租帳篷，或是問問看林姊有沒有，這樣的話我們就能在山上過夜，還可以拍銀河。」

蘇北辰連連點頭，「沒想到竟然拍得到銀河。」

「不過……」我琢磨了會兒，「山裡入夜後很冷，我們兩個的衣服應該都不夠保暖，外套你要用買的嗎？」

「有別的選項嗎？」蘇北辰問。

「有啊，還是可以借借看，我之前都是穿林姊的，不知道你會不會介意就是了，畢竟是別人穿過的。」

蘇北辰想了會兒，「這樣吧，裝備用借的，衣服用買的，也比較衛生，而且衣服回來後可以繼續穿，不算浪費。」

我覺得有點好笑，「哪裡是比較衛生，分明是你有潔癖吧？」

「好吧，算是我有潔癖好了。」蘇北辰沒打算要跟我爭辯的意思，繼續問：「那，我們晚上去買衣服？」

「沒問題，太好啦！」我歡呼。

聽說，合歡山北峰是百岳裡最容易攀登的山峰，不過對蘇北辰這個新手來說，還是挺有難度，本來他背著我們的裝備，一開始還好好的，到後來他似乎是有點高山反應，頭開始作痛且全身無力，我連忙卸下他的登山背包，陪他在路旁休息了好一會兒，他才緩過勁來。

一路上，登山的人潮絡繹不絕，我都快要產生這裡不是海拔三千公尺，而是三百公尺的錯覺。

我和蘇北辰重新背起重裝，好不容易登上合歡山北峰的時候，他呼了一大口長氣。

「沒想到最後還是得讓妳幫忙背裝備。」他的語氣充滿歉意。

我擺擺手，「沒事，爬山這回事，你還得叫我老師，背個行李對我來說輕而易舉，合歡山北峰我可是來過好幾次了。」

蘇北辰苦笑，「我從來不知道自己其實挺弱的，都還沒攻頂就先撐不住了。」

「你現在感覺還好嗎？」我不太放心地問，「有任何不舒服都要說喔，高山症發作起來，聽說很可怕的。」

蘇北辰的臉色看起來仍有些蒼白，「還可以，剛剛休息過後就好很多了。」

「這裡景色滿美的，你要不要拍個照？」我看了看四周，「雖然人有點多，不過稍微喬一下位置，應該還是能拍出好照片。」

蘇北辰應聲，拿出相機在附近拍照，我坐在一旁，雖然太陽很大，但因爲海拔高的關係，即使坐著不動也會有點冷。

沒過多久，蘇北辰回來了，我們慢慢移動到今天晚上要住的小溪營地。

蘇北辰跟我合力把帳蓬搭起來後，我煮了一鍋泡麵，簡單解決掉晚餐。

天色很快暗了下來，營地陸陸續續出現很多登山客來紮營。

泡麵的香味不斷傳來，閒閒沒事的我們玩起聞味道猜泡麵牌子的遊戲，後來玩膩了，蘇北辰進到帳篷裡，以仰躺的姿勢從裡面探出頭來望著夜空。

我覺得他個這樣子有點好笑，忍不住拿手機拍了下來。

「幹麼拍我？」他轉頭問。

「你把頭露在外面，感覺會被人從臉上踩過去。」我想像那個畫面，笑了起來。

「怎麼可能，妳不是還在旁邊嗎？好歹也能提醒我一下。」蘇北辰揚起脣角，「下山後照片記得傳給我。」

「好啊。」我收起手機，把帳篷前的東西收拾乾淨後，鑽進裡頭，「入夜了，好冷喔。」

蘇北辰笑嘻嘻的，「所以我才一直躺在裡面。」

我用手肘撞了撞他，指向不遠處架起腳架的幾人，「大家器材都各就各位了，你不去準備嗎？」

蘇北辰想了會兒，有些懶洋洋地拿出腳架跟相機跑到一旁去擺弄了。

我看著他的身影，心裡有些不捨。下個星期我就要開學了，蘇北辰也要回去了，下次再見，不知道是什麼時候。

我的目光始終沒有從他身上移開，好像這麼做，就能把他的背影刻在心上，不會隨著時間而模糊半分。

這樣就算很久不見，也沒關係。

蘇北辰走回來，蹲在我面前，「在想什麼？」

我老實說：「唉，再過不久你就要走了。」

「這也是沒辦法的事。」蘇北辰拿出小折凳，坐了下來，「其實我本來沒打算待這麼久，一開始只計畫住一個星期，後來認識了妳，也想說都答應奶奶的請求了，就一定要把妳的功課教好，所以才留下來。」

「可是你終究是要走的。」我有點鼻酸，「蘇北辰，我很高興認識你。」

「傻瓜。」蘇北辰用指節在我頭上重重地敲了一下，「妳眞是一個情感豐沛的人，又不是永遠見不到面，幹麼這麼傷心？」

「因爲即便以後再見面，也不會像今年暑假一樣，和你這麼長時間處在一塊了。」我語帶惆悵，「到時候只能短短見面幾天，結束後繼續回到各自的生活。」

「這倒也是。」蘇北辰仰頭看著天空，「不過人生嘛，時間這麼長，總是有聚有散的。」

他的態度這麼淡然，我反倒有些生氣，感覺好像只有我在意這種事似的。

我哼了聲，「那你走啊，寒假我也不去找你了，以後請別人帶你爬合歡山北峰好了。」

蘇北辰愣了一會，啞然失笑，「不要鬧脾氣，我又沒說我不回來，說不定明年暑假有空的話，我還會再來啊。」

我吸了吸鼻子，「對不起，我只是有點捨不得，才會說出那種話。」

「我知道。」蘇北辰鑽進帳篷裡，挨著我躺下來，「好了好了，不要傷心了。」

我噘起嘴，「你好理智。」

「妳可不是第一個這麼說我的人。」他笑了幾聲，「說起來，妳知道我的名字是什麼意思嗎？」

「北辰？」

他的脣角彎起，「我還是第一次聽見妳不是連名帶姓地喊我。」

我做了個鬼臉，「所以你的名字有什麼含意？」

「就是北極星的意思，當初我爸取這個名字，是希望我未來像北極星一樣，能強大到爲人指引方向。」蘇北辰看向我，「所以，如果我不來，妳可以來找我，我會一直在原地，等妳到來。」

「原來是北極星的意思。」我喃喃低語。

蘇北辰揉著我的頭髮，「好啦，答應妳，明年暑假我還會再來的，到時候妳就是準高三生了，我再來幫妳上課。」

聽到最後一句話，我頓時不知該感到高興還是難過，「來是沒問題，但可以不要上課嗎……」

蘇北辰哈哈大笑，「之後再說吧，我去看看我的相機。」

話音一落，他又跑了出去，我也跟著離開帳蓬，站在他身後，「欸，蘇北辰，你會不會覺得這個暑假虧大了？」

他彎腰看著自己的相機，隨口問：「怎麼說？」

「你本來只想在這裡待一個星期，結果卻住了一個暑假，期間還帶奶奶去看醫生、幫我上課，你爲我們做了好多事，結果半毛錢都沒拿到。」我細數著，「最後還送了一臺筆電跟這一身登山服給我，你眞的虧大了。」

蘇北辰似乎是弄好了相機，這時候才直起腰，轉頭看我。

「妳的腦袋都在想些什麼？」蘇北辰無奈地說，「如果妳們對我不好，我幹麼這麼做，是因爲我也從妳們身上得到了很多，才會願意無私付出。」

我愣愣地看著他，一時說不出話。

他突然握住我的手，塞進我的外套口袋裡。

「妳就放心地接受我的好意，不會有人因此怪妳的。」蘇北辰抽出他的手，把我的手留在外套口袋裡，「我也是接受過其他人的好意，才會成爲現在的我。」

我似懂非懂地聽著他的話，各種念頭在我腦袋裡碰撞了一會兒，最後脫口而出，「你很高興認識我嗎？」

蘇北辰有些詫異地看著我，驀地揚起微笑。

「當然，我很高興認識妳。」

第二章　在那之後，我只剩下你

有你在我身邊，我好像什麼都不擔心了。

開學第一天，蘇北辰不知道是哪根筋出錯，硬要送我上學，還堅持下午放學的時候來接我回家。我本來是想拒絕的，但想想多一個人幫忙背書包也挺不錯的，所以就一口答應了。

沒想到，這完全是個錯誤的決定。

「孫黛穎，妳是去哪裡找來這麼帥的男朋友？」

自從苗苗一早撞見蘇北辰送我來學校後，她整個上午都在追問我這個問題，不管我怎麼解釋，她就是不相信蘇北辰是我的鄰居兼家教，還說怎麼可能會發生這種天上掉帥哥下來的好事。

無論我一再強調這帥哥和我只是老師與學生的關係，她還是堅持我們兩人肯定有什麼內情。

最後我實在沒辦法，只好放學後帶著苗苗去和蘇北辰碰頭，雖然我更想揍她一頓，但看在我沒來暑輔的期間，都是她通知我學校訊息的分上，我忍住了。

原本還很擔心會不會嚇到蘇北辰，好在他對於這個情況一點都不覺得驚訝，才見到苗苗三秒鐘，兩人立刻聊得如火如荼，相見恨晚。

在我的印象中，蘇北辰總是一副沉著冷靜的樣子，好像發生什麼事都嚇不倒他，也很少見到他臉色瞬間大變的情形。

不過我想到了唯一的例外，第一次和蘇北辰見面的時候，他被我打倒在地的神情還挺驚嚇的。

回想起那一幕情景，我忍不住笑出聲。

「妳怎麼忽然笑了起來？」

走在回家的路上，蘇北辰把我的書包放到腳踏車前的籃子裡，我們兩個一邊牽著車，一邊閒話家常。

「我想到當初你被我打倒在地時，臉上的表情超精彩的。」

說起那天，蘇北辰嘆了口氣，「妳老是這麼衝動，這樣不行的。」

我噘嘴，「我心裡有數，你別說這個。」

蘇北辰無可奈何地揉了揉我的頭髮，「不管遇到什麼事，先冷靜下來好好思考，才是正確的解決方法。」

「知道了。」我不耐煩，「你的口氣跟那些大人一模一樣。」

蘇北辰默不作聲，我頓時覺得氣氛有點尷尬，想開口說些什麼，卻聽到他慢慢地道：「如果不是關心妳，誰要說難聽的話呢？」

我當然知道，但有時候聽到這些話，還是會覺得很不開心。

我不想再讓氣氛變得更糟，於是話鋒一轉，「蘇北辰，你是不是和誰都很聊得來？」

「怎麼突然這麼問？」

「明明你和苗苗是第一次見面，但你們兩個聊得像是認識了八輩子似的。」我想起剛剛他們聊到忘我的情景，覺得很不可思議。

他想了想，「多交幾個朋友總沒壞處，而且跟不同的人聊天可以增長見識，所以我還滿喜歡認識新朋友的。」

我恍然大悟，隨口說：「原來如此。」

「妳敷衍我。」蘇北辰瞇起雙眼。

「我沒有。」

我們就這樣又笑又鬧地回到家，才推開門，又看見奶奶昏倒在客廳裡。

這件事不管發生幾次，我都沒辦法冷靜，只是這次我學會不要尖叫。

我跑了過去，拍拍奶奶的肩膀，不停叫喚她，可是奶奶都沒有反應，我無助地看向蘇北辰，他已經打電話叫救護車了。

結束通話後，蘇北辰把奶奶抱到椅子上，然後走到我身邊。

我抬頭望著他，心裡慌到什麼話都說不出來，只能伸手抱住他。

他沒有說話，也沒有推開我，只是輕輕地拍著我的肩膀，一句話都沒說。

在他的陪伴下，我慢慢深呼吸，整個人卻渾身顫抖。

我把額頭抵在他的肩窩，「蘇北辰，奶奶會沒事的，對不對？就跟上次一樣，只是虛驚一場。」

「……對。」我看不見他的表情，可是能感覺到他話裡的遲疑。

我不敢去深思他爲何遲疑，寧可相信他是因爲突然被我抱住了，所以才這麼不知所措。

我略略一動，蘇北辰便鬆開了手。

離開他的懷抱，我忽然覺得全身發冷，明明現在還是夏季，卻有種凜冬將至的感覺。

救護車過了一陣子才抵達，蘇北辰協助急救人員把奶奶抱上救護車，我拿著奶奶的健保卡，將家門上鎖後，一起搭上救護車。

一路上，救護車飛快地載著我們穿過一個又一個路口，當我回答完急救人員提出的一些基本問題，車裡只剩下刺耳的鳴笛聲，以及令人喘不過氣的沉默。

前往醫院的這段路途，是這麼的漫長，這麼的漆黑。

奶奶很快被送入急診室，醫生診斷過後，便急忙將她推進手術室。

我別無選擇地簽下家屬同意書，看著手術室外的紅燈亮起，無助地坐在走廊的座椅上。

蘇北辰挨著我坐下，他握住我的手，「不要擔心。」

我勉強撐起嘴角，「嗯。」

看著窗外，我只覺得思緒一片混亂。

「蘇北辰，如果我們住在城市裡，這段急救的路程，是不是就不會這麼遙遠？」我低聲問。

眼角的眼水忽然掉了下來，落在蘇北辰的手上。

他把我抱進懷裡，沒有回答我。

聽著他強而有力的心跳聲，我的心情逐漸平復下來。

此刻我不想離開他溫暖的懷抱，於是伸手抱緊他，好像這麼做，就能把所有擔憂與恐懼都隔絕在外。

在等待的過程，我的意識逐漸模糊不清，不斷在現實與夢境之間來回徘徊，朦朧之中，我依稀聽見蘇北辰的聲音。

他搖了搖我，「燈暗了。」

我愣了一秒鐘，趕緊起身奔到門前，醫生走了出來，說手術很成功，但要轉加護病房觀察情況。

醫生說完便匆匆離去，我的眼眶再次盈滿淚水，呼了一口氣，一鬆懈下來，整個人瞬間腳軟癱坐在地上。

蘇北辰從後頭抱起我，我轉頭看向他，聽到他無可奈何地說：「擔心也哭，開心也哭，我現在才知道原來妳這麼愛哭。」

我慢慢站起來，用手抹掉眼淚，笑著道：「蘇北辰，醫生說手術很成功，奶奶沒事！」

「我知道，我聽見了。」蘇北辰拍了拍我的頭，「既然沒事，那我們先把住院手續辦妥，然後去吃晚餐吧，我餓了。」

我猛點頭，「好，我請你吃飯！」

蘇北辰笑而不語，陪我到櫃臺把手續辦好後，我們走到醫院附設的便利商店，買了兩個便當，坐在大廳吃了起來。

「妳是不是應該打電話給妳爸，跟他說一聲？」蘇北辰突然問。

我愣了好一會兒，看著我的便當，抿緊雙脣，低低地說：「明天再說吧，今天太晚了。」

蘇北辰欲言又止，最後什麼都沒說，只是靜靜地低頭吃飯。

爲了明天早上能第一時間探視奶奶，我們沒有回家，而是坐在椅子上閉目小憩，等待白天的到來。

隔天一早，我先通知苗苗，請她幫我跟老師請假，猶豫了半晌，才打電話給我爸。

蘇北辰一直陪在我身邊沒有出聲，直到我掛了電話。

「怎麼樣？」他問。

我看著他黑白分明的眼眸，緩緩開口：「我爸說他這幾天有個很重要的工作，如果可以，想要下星期再回來。」

蘇北辰露出不可置信的表情，我想在聽到我爸回答的當下，我的臉色應該也是跟他一樣。

我們兩個在醫院待了一整晚，就是想等到早上加護病房開放探病後，看看奶奶的情形再回家。

但我爸一聽到奶奶住院的消息，卻只說了工作重要，下星期再說。

我勉強笑了下，拍拍他的手臂，「沒關係，反正奶奶沒事，他現在回來，也多半見不到奶奶，畢竟加護病房……」有訪客時間限制。

後半句話我還沒說出口，蘇北辰卻突然抱住了我。

我不知道他是什麼意思，可是那一瞬間，我覺得他好像理解了我所有的情緒，理解了我對我爸的困惑與不滿。

「沒關係，我會陪妳。」他的聲音輕輕傳到我耳裡。

我揪緊他的衣服，把臉埋入他懷裡，悶聲說：「蘇北辰，你爸這名字取得眞好，你眞的就像引路的北極星一樣，有你在我身邊，我好像什麼都不擔心了。」

他輕撫我的頭，「去洗把臉吧，離探病還有兩個多小時，我們找個地方坐一下，吃點東西，也許妳還可以小睡片刻。」

聽了蘇北辰的提議，我們到附近的咖啡館休息了一會兒，打算等見完奶奶一面，才回家換衣服洗澡。

奔波了那麼久，蘇北辰和我的精神都不太好，等待探病的期間，我們都在各自放空。

「蘇北辰。」我喚了一聲。

「嗯？」

「謝謝你。」我低頭看著自己的手，突然道：「幸好有你陪伴我。」

他沒說什麼，此時我的手機忽然響了，是一個沒看過的號碼。

我接起來，聽到另一頭的話語，腦子一片空白，接著看到加護病房的門被打開，護士匆匆跑了出來，一看到我便急忙拉著我進去。

奶奶的意識仍然沒有恢復，醫生對我說奶奶腦溢血中風，血氧濃度只剩下九十幾，情況很危急，要我去聯絡我爸。

聽完這些，我只覺得頭腦發脹，無法思考。

後來蘇北辰又跟醫生說了些什麼，我沒聽得很仔細，當我慢慢走到病床前，看到奶奶的眼睛半瞇半張，我還是不敢相信醫生說的話，他說奶奶病危，很有可能隨時都會離開，讓我去問問我爸，要不要做急救。

醫生還說，因爲腦中風的關係，即便救活了，也有很大的機率會變成植物人。

我握著奶奶的手，冷冰冰的，像是這個身體裡的靈魂早已離去，現在只不過是這些醫療器材勉強維持了她的生命，所以我才感受不到一絲溫暖。

「還好嗎？」蘇北辰把手放在我的肩上。

我點點頭，把奶奶的手放回被子裡。

「我要打電話給我爸。」

蘇北辰陪著我走出去，我站在走廊上，聽著手機裡響起突兀又歡樂的來電答鈴，靜靜地等待。

好半晌，我爸終於接起電話，我轉告醫生的話後，他那頭沉默了一會兒，才說：「讓我跟醫生談談。」

我應聲，走回病房裡，把手機遞給醫生。

過沒多久，我聽到醫生說：「好，那就不急救了，我們會讓老太太走得不痛苦的。」

我睜大雙眼，把手機從醫生手上搶下來，朝著另一頭大吼：「混蛋！爲什麼放棄急救！你爲什麼不救奶奶！」

醫生被我嚇了一跳，倒退一大步，蘇北辰從我後頭搶走手機，我不知道他對我爸說了什麼，只知道他三言兩語便掛斷電話。

蘇北辰向醫生道歉，然後轉過頭來看著我。

我像隻被踩到尾巴的野狗，怒目而視，「我沒有說錯！」

他嘆了口長氣，「我知道妳很難接受……」

「我不能接受。」我咬著牙，硬是擠出聲音，「我不能接受！」

「孫黛穎，如果奶奶變成植物人的話，誰要照顧她？」蘇北辰問我。

「我照顧！」

「妳要上課。」

「我不去了！」

蘇北辰靜靜地看著我，他的目光平靜無波，像是在提醒我，我說的這句話，只不過是氣話。

我與他僵持不下，最後我頹然無助地跌坐在地上。

「我只是不明白……」我雙手摀著臉，「爲什麼他可以這麼輕易就放棄奶奶，是不是因爲他從來不跟奶奶一起住，所以沒有感情可言？他知不知道奶奶很愛他？如果他知道，爲什麼還能放棄得這麼容易？」

蘇北辰蹲下身，坐在我的旁邊。

「有時候，我們只從自己的角度去看待事情，所以才會憤怒。如果妳站在妳爸的立場去思考他這麼做的原因，或許，妳會有不一樣的想法，說不定他也有自己的苦衷。」蘇北辰慢慢地說。

我的聲音帶著點鼻音，「我不知道他有什麼苦衷，我只知道他放棄了奶奶！」

「假如他不放棄呢？」蘇北辰一下一下地摸著我的頭，「倘若奶奶變成植物人，就算妳放棄升學，選擇去照顧她，妳也不懂任何居家看護的知識，那麼家裡勢必得請一位看護來幫忙，到時候錢要從哪裡來？」

我抿脣，不想接話。

「所以你覺得這麼做是應該的嗎？」我看著他，話音顫抖，「蘇北辰，如果是你，是不是也會做出跟我爸一樣的決定？」

蘇北辰斂下眼眸，「不要把對妳父親的憤怒轉移到我身上。」

我握緊拳頭，「混蛋！」

那一聲混蛋，飽含著憤怒，或許是在責怪我爸，或許也是在責備無能爲力的自己。

「但是，如果是我，拚了命也會救我的家人。」蘇北辰輕輕啟口，「直到最後一刻。」

他的這句話像是救贖，讓失望又無助的我，有了一點依靠。

至少，還有一個人是跟我一樣的。

我只能這麼安慰自己。

✦

在我爸趕回來之前，奶奶就過世了。

醫生說是高血壓引起的腦溢血，可能之前昏倒時就已經造成腦部微血管受損，但因爲太輕微，所以腦部掃描沒有看出來。

我以爲我會哭得呼天搶地，甚至昏厥送急診，但這些情況都沒發生，我只是坐在葬儀社外的椅子上，腦子裡像是塞了一大團棉花，什麼感覺都沒有。

蘇北辰替我聯絡了我爸，把後續的事宜都處理妥當，也由他負責與葬儀社接洽，安排好奶奶的後事。

「在想什麼？」

蘇北辰遞了一罐飲料過來，我看了他一眼，接下飲料，「謝謝。」

他拍拍我的頭，「我們之間不用那麼客氣。」

我勉強勾起嘴角，「還是要的。奶奶說，做人要有禮貌。」

蘇北辰淺淺一笑，便不再作聲。

夜已深，現在末班公車也過了，可以的話，我好想回家洗個澡，睡一覺，也許醒來後，會發現這一切只是場夢。

蘇北辰忽然壓著我的頭靠在他肩上，「睡一下吧，妳爸等等就來了。」

是啊，我爸是該回來了，工作再怎麼重要，都得立刻回來。

我一動不動地靠在蘇北辰的肩膀上，卻感覺不到一絲溫暖，也感覺不到一絲怦然心動。

我只覺得淒涼。

我知道自己不應該這麼想，但在我心裡，始終認爲我爸跟殺人兇手一樣。

這是錯的，是錯誤的想法，可是這個念頭在我腦海裡咆哮得這麼大聲，我沒辦法忽略。

不知不覺，淚水從我眼角滴落。

蘇北辰感覺到肩上的濕濡，微微動了動，沒有多說什麼。

我哭了好半晌，蘇北辰才把面紙遞給我，「眼淚是無妨，但鼻涕還是不要滴到我衣服上比較好。」

我噗哧一笑，接過他的面紙，毫不客氣地大聲擤鼻涕。

「淚凝於睫。」

我有些耳鳴，沒聽清楚蘇北辰說的話，「什麼？」

蘇北辰拿出手機打了那四個字給我看，「妳現在就是這樣，眼淚凝結在睫毛上。」

我抹去臉頰上的淚痕，「所以是漂亮的嗎？」

蘇北辰沒回話，只是安靜地凝視我好久。

我朝他扁扁嘴，「好了，我已經知道你的答案了，你要是敢說出來，我就把你揍倒在地上。」

「妳這麼暴力的個性，當初應該去練跆拳道才對，說不定現在都成爲國手了。」蘇北辰感嘆，「反正跆拳道也不怎麼用得到腦子。」

我破涕爲笑，「蘇北辰，我不笨，我知道你說這話只是在逗我。」

他故意裝出很驚訝的樣子，「原來妳眞的不笨。」

我朝他做了個鬼臉，仰頭看著天空，「奶奶走了，過不久你也要走了，只剩我一個人在這裡。」

「害怕嗎？」

我思索片刻，搖搖頭，「可能會有點寂寞吧。」

「寂寞的時候，可以打電話給我。」

我偏著頭，「蘇北辰，你喜歡我嗎？」

他一愣，像是沒預料到我會問這種問題，笑著伸手揉亂了我的頭髮，「喜歡，但不是那種喜歡。」

我收回目光，好一會兒才說：「可是我很喜歡你。」

「傻瓜，這只是一種移情作用。」蘇北辰一點都不驚訝，「妳只是喜歡上現在這個可以讓妳依賴的人而已，不是喜歡我。」

「但，是你在扮演這個人啊！」我不喜歡他這麼說，像是把我視作什麼都不懂的小孩。

「黛穎。」這聲叫喚突如其來地打斷了我和蘇北辰的對話。

我回頭，看到一名男子站在夜色之中，雖然四周一片昏暗，但我認得出那是我爸。

我猛然起身，遲疑了幾秒才喊：「……爸。」

我聲音沙啞地喚著這個陌生的稱謂。

他走到我們面前，滿面風霜，我和他對視了好一會兒，一時無語。

「伯父您好，我是蘇北辰，是與您通電話的那個男生。」蘇北辰溫和地化解了我和我爸之間的尷尬，「我先帶您去跟奶奶上香。」

「好。」我爸點點頭，但沒有任何動作，只是注視著我。

「伯父？」蘇北辰喊了他一聲，我爸這才邁開步伐。

我走在兩人後面，在他們上香的時候，也跟著拿了一炷香。

看著我爸的背影，看著奶奶的遺照，我不知道該說些什麼才好。

對我爸說節哀順變嗎？

我腦子裡轉著紛亂的思緒，最後一句話也沒說。

上完香，我們走到葬儀社外頭。

「我開車來的，順道載你們回去吧。」我爸這麼說。

在我還沒反應過來之前，蘇北辰已經答應了，我也不好拒絕，於是和他一起上車。

奶奶的葬禮一切從簡，我們沒有什麼親朋好友，只發訃聞給幾位熟識的鄰居來參加告別式，至於日期，我爸選了個最近的日子，我想大概是他要趕回去上班的緣故。

到了住處，蘇北辰回去隔壁了，家裡只剩我和我爸，氣氛頓時有些尷尬。

「那個……」我和他同時出聲。

「你先說吧。」我搶先道。

我爸頷首，目光飄移，「妳妹妹因爲要參加比賽，所以妳阿姨和她都不能回來。」

我聳聳肩，沒當一回事，「算了，反正她們回來也沒房間睡，你今天睡奶奶的房間吧。」

他點了點頭，見他似乎有話要說，我趕緊道：「我先上樓睡覺了。」

「……好。」

我拖著疲憊的身體回到房間，隨便沖了澡，坐在床邊回想我爸方才說的話。

阿姨和我妹妹分明是找個名正言順的理由不回來，就算眞的要比賽，難道這件事有比奶奶的最後一程來得重要嗎？

不過現在深究這些也沒什麼意義，過了那麼多年，我壓根想不起阿姨的長相，奶奶大概也不記得了，即便她們來參加告別式，也不過就是做做樣子而已。

奶奶在世的時候，她們都不肯回來，現在人已不在，她們有沒有出席葬禮也都無所謂了。

我看著窗外，夜空漸漸露出曙光，沒多久就要天亮了。

這最後一程，不知道是我送奶奶，還是奶奶送我，她要去一個沒病痛、沒煩惱的世界，卻把我一個人留在這裡，什麼都沒有。

奶奶的喪禮辦得簡單且不失莊重，我們在葬儀社布置的靈堂辦了一場法事，跟著法師念經，希望神明真的可以讓奶奶的靈魂得以安息。

左鄰右舍紛紛來捻香致意，我與我爸一一鞠躬回禮，蘇北辰不是我們家的人，所以他只能坐在一旁的椅子上，儘管他從頭到尾都參與了奶奶的事情。

一個早上過去，我們把奶奶的遺體送到了火葬場，才總算可以坐下來休息。

九月初，天氣還熱著，一上午又拜又跪又哭又叫，我和我爸都疲憊得不行，坐在餐廳裡等著上菜時，只能沉默以對。

我托著臉，望著窗外的景色，不止一次地回想，在奶奶還活著的時候，我是怎麼跟我爸相處的，但已經沒任何印象了。

此時我看見蘇北辰在外頭朝我揮手。

我跳起來，跑了出去，他提著手搖飲料，對我揚了揚。

「喝檸檬紅茶，好嗎？」蘇北辰微笑。

我猛點頭，喝什麼都好，這時候看見他，我鬆了好大一口氣。

「你怎麼在這裡？」我問。

「伯父叫我來的，他說要請我吃午餐。」蘇北辰朝我一笑，又眨眨眼睛，「我想妳也希望我來，所以就答應了。」

聽到這個消息，我恨不得立刻抱住他，但我爸還在裡面，只好拉著他的袖子，輕聲說：「謝謝你。」

蘇北辰拍拍我的頭，「還沒想到要怎麼和妳爸相處嗎？」

我低下頭，腳尖一下一下踢著地面，「是啊，我不知道該怎麼辦才好。」

「先進去再說吧。」蘇北辰推了推我，「伯父在叫我們了。」

我頷首，跟著蘇北辰乖乖走進餐廳。

看樣子我爸也很怕與我單獨相處，不然怎麼會邀請蘇北辰一起共進午餐。

我們兩人陸續入座，蘇北辰的脣角微微上揚，「打擾你們用餐了。」

「不會，你幫了這麼多忙，請你吃頓飯也是應該的。」我爸淡淡地笑了下，遞了雙筷子到他面前。

餐桌上，蘇北辰和我爸說說笑笑的，比起剛才凝滯的氣氛要好太多了。

直到上菜了，他們還聊個不停，我自顧自地悶頭吃飯，最後肚子都飽了，他們還是沒有要停下來的意思，我咬著飲料吸管，發起呆來。

蘇北辰的手機忽然響了，他對我爸說了一聲後，便走到餐廳外頭接電話。

我爸吃了幾口菜，然後對我說：「妳轉學到臺北吧。」

我錯愕不已，又聽見他說：「妳在臺北，我們比較好照顧妳。」

「我不要。」

也許我曾考慮過要去臺北，但那是因爲奶奶，是因爲奶奶在臺北可以得到比較好的醫療照顧，但現在這個原因已經消失了。

「我不要去。」我再次拒絕。

「我跟妳阿姨說過了，到時候會整理一間房間給妳，至少妳要把高中念完。」

「我在這裡也能把高中念完。」

我爸的口氣急了，「這個地方太偏僻了，如果妳發生什麼事情，誰要照應妳？蘇北辰開學也要回去了，妳一個人住在這麼偏僻的鄉下多危險，要是半夜有歹徒怎麼辦？」

偏僻、偏僻，才短短幾句話，這詞已經出現兩次，好像這個鄉鎮有多不能居住一樣，就是這種嫌棄的口吻，深深刺痛了我。

「過去十七年我在這裡都過得好好的，爲什麼接下來兩年就不行？」我看著我爸，脫口而出，「倘若你眞的在乎這件事，以前怎麼很少聽你提起？我和奶奶也在這種偏僻的小地方住了這麼久，你怎麼一點都不在意？」

我爸像是被我給問傻了，一時之間居然說不出話。

我站起身，壓抑著怒吼的衝動，盡量平靜地說：「反正我不轉學，也不打算去臺北。你的家，就留給你的妻子跟你的女兒，反正對你來說，我也不是那麼重要，我去算什麼東西！」

我終究沒能忍住心裡的怒意，語氣越來越激動，話語也越來越尖銳。

我不想再說出什麼傷人的話，於是轉身就走。

蘇北辰回來的時候，剛好與我擦肩而過，見我不太對勁，想上前攔住我，但此刻我沒有心情對他解釋原因，趕緊加快腳步離去。

我走到公車站牌，搭上回家的公車，獨自看著窗外的驕陽，只覺得這世界什麼都不對了。

搖搖晃晃地回到家裡，我窩在床上，蜷縮成一團。

冷靜下來後，想起對我爸說的那些話，我多少有點愧疚，其實我沒有惡意，而且我爸也曾希望我和奶奶搬到臺北住，或許他並不是完全不在意我們，只是我心裡對他仍有一股無處宣洩的怒氣，所以剛好藉著這件事來抒發情緒。

直到現在，我才有餘力去好好思考，轉學到臺北的事。

那裡不論是生活機能或是教育資源，想必會比鄉下好很多，可是我沒有非去不可的理由，住在這裡那麼多年，我已經習慣了。

等考完大學，也許我就不得不離開家鄉，到外地讀書，在那之前，我還想在這個地方多待一陣子，在曾經有奶奶的家裡多住一會兒。

一想起奶奶，淚水瞬間盈滿我的眼眶，一個人獨處的時候，悲傷才鋪天蓋地地湧上來。

我把臉埋在枕頭裡放聲大哭，彷彿全世界都拋下了我。

不知道哭了多久，我的喉嚨有些乾澀，坐起身時，眼角餘光瞥見陽臺上站著一個人，我啞著嗓子尖叫，定睛一看，才發現是蘇北辰。

我有點不好意思地揉了揉鼻子，拉開門，「你在這幹麼？」

「幫妳計時。」蘇北辰揚了揚手機，「從我回來到現在，大概過了四十五分鐘。」

我啞口無言，只得訕訕地問：「你怎麼不叫我？」

「看妳哭得那麼專心，就沒打擾妳了。」蘇北辰走進來，抽了張衛生紙，壓在我紅腫的雙眼上，「我本來想問妳事情，沒想到卻撞見妳在哭。」

我握住他的手腕，把他的手從我臉上移開，眨了幾下眼睛，「有話要說？」

「妳飯吃到一半就走了，妳爸又不跟我說妳怎麼了，只要我先回來看看妳，我受人之託，忠人之事，於是前來關心一下。」

蘇北辰坐在我的椅子上，打趣道：「原來妳是急著回來大哭一場。」

我破涕爲笑，瞪了他一眼，「白痴喔。」

「好啦，會笑就好，所以妳中途離席的原因是什麼？」

蘇北辰果然沒打算放過我，或許是一種預感，我覺得蘇北辰會贊成我爸的提議，所以不想跟他多說。

「我先去喝口水，洗把臉，你等等我。」

我藉機逃開，回來的時候，蘇北辰正看著他之前買給我的參考書。

我遞了杯水給他，蘇北辰的視線落在我臉上，一副欲言又止的模樣。

我皺起眉頭，「有話就直說。」

蘇北辰緩緩開口：「妳有考慮轉學嗎？」

我深呼吸，「是我爸託你來問我的嗎？」

蘇北辰先是一愣，而後露出恍然大悟的表情，「原來這就是妳先離開的原因。」

我一語不發地瞪著他。

蘇北辰放下杯子，「孫黛穎，妳改名叫刺蝟好了，只要不合妳的心意妳就炸毛，還能不能好好說話？」

我抿緊唇，在床邊坐了下來，「反正我不轉學。」

「說說看，為什麼？」

「我在這裡過得很好，為什麼要離開。」

「難道不是因為妳害怕？」

我內心微微一動，「我怕什麼？」

「怕跟不上大城市的步調，怕妳後母不喜歡妳，怕和妳爸相處，怕承認自己能力不足。」蘇北辰定定地看著我，「說實話，妳就是膽小而已。」

我有點憤怒，但又說不出是因為蘇北辰這麼貶低我而生氣，還是因為他說的每一句話都一語中的才惱羞。

「你是來找我吵架的是不是？是的話，你馬上滾開，我現在沒有力氣去爭論這些。」我別過頭，不想和蘇北辰討論這件事。

「我沒有要和妳吵架的意思，我是來說服妳的。」蘇北辰好生好氣地說，「不過很顯然，伯父跟我想的事差不多，勸妳的話，他應該都說過了。」

「那你該知道，他沒有成功。」我搶先一步說，想藉此堵住蘇北辰的嘴巴，「激將法也不會有用。」

「嗯，確實，這也是很顯而易見的。」蘇北辰同意，「那我換個方式好了。」

我抬起手，「蘇北辰，你是打定主意一定要讓我改變心意嗎？」

「對。」

「爲什麼？」

蘇北辰的目光很堅定，「因爲妳是我的學生。」

我哈哈大笑，語氣嘲諷，「少用這種冠冕堂皇的理由了，你才教我兩個月，我哪算得上是什麼學生？」

「那麼，如果我說我是爲了感謝奶奶這兩個月來的照顧呢？」

「因爲奶奶照顧你，所以你打算來照顧我。」我雙手環抱於胸前，「蘇北辰，你能照顧我一時，難道能照顧我一輩子嗎？」

他一頓，半晌說不出話。

我斂下眼眸，「既然如此，那不需要再說下去了。」

「妳總不能爲了日後的離別，就放棄眼前的機會。」

我搖頭，「我不是放棄，而是你們的提議我都不想要。」

「孫黛穎，倘若是搬到和我同個城市呢？」蘇北辰開口。

我正思索他這句話是什麼意思時，就看見他懊惱地抓了抓頭髮。

「其實我本來是不想這麼說的，總覺得像是承諾了什麼一樣，但我不是那個意思，我只是單純想問妳，要是能跟我生活在同一個城市，妳會考慮嗎？」

我頓時明白了蘇北辰的意思。

他想表達的是，雖然他不喜歡我，但若是我喜歡他的話，要不要去他的城市讀書。

我笑了起來，「蘇北辰，你是不是有毛病，既然你不喜歡我，幹麼百般關心我？或許你當時看到奶奶昏倒、過世，所以沒辦法置之不理，但你也不需要這麼把我放在心上吧？」

尖銳的話語脫口而出，彷彿這麼說，就能掩飾心裡受傷的感覺。

蘇北辰露出一副無可奈何的表情。

「我沒有說我不喜歡妳，為什麼喜歡只能有一種選擇？不是愛就是不愛，難道我不能單純喜歡妳這個鄰家妹妹嗎？」蘇北辰再次扒了扒頭髮，「我都搞不清楚這是我的問題，還是妳們的問題了。」

「妳們？」

「我前女友。」蘇北辰苦笑，「我似乎沒跟妳說過我們分手的原因。」

「是什麼原因？」

「簡言之，她覺得我對其他女生太好，她不是我生命中的唯一。」蘇北辰喝了口水，「可是，怎麼可能會有什麼人是生命中的唯一？」

蘇北辰不知道是在問我，還是在問他自己。

我堅定地說：「奶奶就是我生命裡的唯一。」

「不對，妳也許可以說『奶奶是妳唯一的親人』，但客觀來講，妳爸也是妳的親人。在妳的生命中不只有家人，妳還有朋友，這些關係都需要我們付出精力來維繫。」

我被蘇北辰說服了，因此只能沉默。

「扯得太遠了。」蘇北辰急忙把話題拉回來，「如何？妳要不要考慮一下，如果轉學到臺北，就算課業跟不上，我也能繼續幫妳上課，不收錢。」

我勾起脣角，「你給我錢，我考慮看看要不要上課。」

「哪有這麼過分的學生。」蘇北辰的眼裡滿是笑意，「我的原因跟妳爸一樣，妳一個人留在這裡，我們都不放心。」

「你讓我想想吧。」我沒有立刻答應，「也許你說得對，我在害怕，未知的一切我都害怕。」

「現在妳不用怕了，我也在那座城市，妳不會孤立無援。」

聽到他的話，我一時恍了神。

樓下傳來開門聲，讓我從思緒裡回過神來，我推推他，「你先回去吧，要是我爸看到你和我在一起，搞不好以爲我們有什麼關係。」

蘇北辰莞爾，一動沒動，「妳不怕奶奶誤會，卻怕妳爸誤會，爲什麼？」

我瞪了他一眼，不想回答他的問題，「你回去吧，我答應你會好好想想這件事。」

「妳再答應我，會不帶任何情緒，靜下心來仔細思考。」

我咬牙，「好，我答應你！」

莫名其妙，這人趁火打劫啊！

「那我先回去了。」蘇北辰一臉得逞的樣子，他走向陽臺，回頭說：「我強烈希望妳會答應。」

我聽著樓下的動靜，伸手推他，「我知道了，你趕快回去吧。」

隔天，來到學校，我向苗苗提起轉學的事。

「所以說，妳要轉學了？」苗苗坐在一旁，咬著手上的麵包，「不要去啦，我會很想妳的。」

「我還沒決定，其實我也不想去。」我戳著面前的便當，「但……」

「但我覺得妳也不是很喜歡那個蘇北辰。」苗苗說。

什麼跟什麼，怎麼突然扯遠了，這兩件事有關係嗎？

「會嗎？我還滿喜歡他的。」

「我的意思是……」苗苗頓了頓，「要是妳真的很喜歡他，他都這麼邀請妳了，妳應該馬上決定飛奔到他身邊才對啊。」

「白痴喔。」我噗哧一笑，「妳以為在演韓劇嗎？」

苗苗噘嘴，「從妳的反應來看，我只能推測妳不是很喜歡他，可能就如同他所說的，妳只是依賴他而已。」

「這麼說，妳是不是很希望我去臺北？」我翻了個白眼，「我去了，就沒人陪妳吃午餐了。」

苗苗拿起一張面紙擦拭嘴巴，正經地說：「我當然不希望妳去，但我認為妳爸跟蘇北辰說得很有道理，妳一個人住在這裡的確很危險。」

我想這就是所謂的三人成虎，我本來不覺得危險，被他們接二連三地說，我都開始懷疑自己再多住幾天就要出事了。

我長長地嘆了口氣。

苗苗湊了過來，「妳就搬去臺北吧，近水樓臺先得月，妳失去了我，卻得到蘇北辰，也不虧啊！」

我噴笑，「我去又不是住他家，哪有什麼近水樓臺？」

「原來妳想住他家。」苗苗用手肘撞了我一下，露出曖昧的笑容，「早說嘛。」

見苗苗胡思亂想，我不禁氣惱，「什麼啦！」

「妳害羞了。」苗苗猛笑，「妳果然喜歡他啊。」

「妳剛剛還說我只是依賴他。」我再次朝苗苗翻白眼。

怎麼會有人前後矛盾成這樣？

「依賴也好，喜歡也好，如果妳看到他會覺得開心、安心，那妳還不去嗎？」苗苗咬著飲料吸管，「妳看他這麼好，成熟又穩重，又對妳和妳奶奶這麼上心，要是我早就投懷送抱了。」

冒泡。

我瞪了苗苗一眼，但沒有反駁她。她的話像是被倒進杯子裡的汽水，在我心裡不停

「說真的，如果我是妳，我就去了。」苗苗托著臉，「妳現在多好，自由自在地沒有人管，轉學去臺北，日子過得怎麼樣先不說，至少妳可以常常看到喜歡的人。」

我提不起勁，把便當推到苗苗面前，「吃不下了，給妳吃。」

苗苗搖頭，拒絕了我。

「我是不知道妳在顧慮什麼，就算妳現在不離開，念大學的時候還不是要到外地去，都是遲早要面對的事，不如早點去臺北，那裡的教育資源肯定比較好，說不定妳有機會考上好大學。」

「我以為妳不會很在意考大學這件事。」我很詫異苗苗會用這種理由說服我。

「是沒特別放在心上，但又不能不考。」她聳聳肩，「既然如此，妳去了臺北，記得先把那裡都摸熟，之後我還能去找妳玩。」

我大笑，「這才是妳眞正的目的吧？」

「重點是，蘇北辰。」苗苗微笑。

「妳為什麼如此在意他？」我無奈地問，「他到底給了妳什麼好處？」

苗苗忽然收起笑意，「我只是擔心妳。」

「啊？」我愣住。

「奶奶走了，妳跟妳爸又不親，更別說妳的後母了。」苗苗定定地注視著我，「如果有一個人可以照顧妳，妳也願意依賴他，那不是很好嗎？」

我沉默了半晌，「我也能照顧好我自己。」

「但要是多一個人照顧妳，又有什麼不好？」她很快回話，「好啦，就這麼說定了，雖然我捨不得妳，但妳還是去臺北吧。」

我想了好一會兒，點了點頭。

「既然下定決心了，妳趕快打電話給妳爸。」苗苗催促我，「轉學應該要準備很多文件吧？妳趁他還在這裡的時候，讓他幫妳把轉學手續都辦妥。」

我拿出手機，有些猶豫，「但我昨天才跟他吵過架……」

「那不是重點。」苗苗一臉不耐煩，「我看妳爸那樣子，搞不好明天就要回去了，妳不趁現在處理，到時候更麻煩。」

「好吧好吧。」

我趕緊跑到教務處，詢問轉學需要哪些文件後，便打給我爸。

接到我電話的時候，我爸還有些不可置信，一聽到我想轉學後，他頓了幾秒，才說他會處理。

這麼一來，我也沒什麼心情上課了，下午上課鐘聲一響，我假裝生理痛，拉著苗苗躲到保健室去。

「幹麼？」苗苗才剛趴下去睡了五分鐘，便被我叫醒，她埋怨地說：「妳要蹺課不能挑數學課嗎？偏偏選了這麼好混的歷史課……」

「我現在根本沒心思聽課。」我壓低音量，擔心交談的聲音被護士阿姨聽見。

苗苗伸了個懶腰，「那好吧，妳是不是有說想說？」

「我是想說，如果我真的搬到臺北……」

「妳就可以順利把蘇北辰撲倒，一年失敗兩年成功三年生寶寶。」苗苗信口胡謅，話語一氣呵成。

我氣得拍了下她的手，「妳到底是不是我的閨蜜？」

「是是，妳說，妳說。」

「我在想，若是我去了臺北，在那裡都沒有朋友，身邊只有一個蘇北辰，我會不會太可憐？」我很徬徨，過沒多久，我即將要到一個人生地不熟的地方展開新的生活，也不知道能不能適應得來。

「沒有朋友就認識新朋友啊。」苗苗理所當然地說，又問：「妳是不是想太多啦？還是奶奶過世讓妳變得容易胡思亂想？」

確實，奶奶過世之後，多少讓我體會到世事無常的感覺，就連自己有把握的事情，都不知道能不能做好。

「妳說得對。」

我躺在床上看著天花板，苗苗突然擠了上來，「好啦，妳不要擔心，倘若妳在臺北過得不好，妳轉學回來不就好了，乾脆來住我家，我們還可以一起上學。」

我側身抱住她，忍不住開玩笑，「還是妳最好了，我不能現在就去妳家住嗎？」

「當然不行，我家又沒有蘇北辰。」苗苗瞎扯，「好啦，妳要有勇氣，喜歡就勇敢去追求，好嗎？」

我翻了個白眼，心裡那一點點感動都消失了。

「我打包票，以後妳談戀愛，一定連我是誰都不記得了。」我抱怨。

苗苗咯咯笑，「到時候請妳多包容我一點嘍，我還沒談過戀愛耶，妳都要搶在我前頭了。」

我嘖了她一聲，閉上眼睛，不想再跟她說話。

一聽到我的決定，我爸和蘇北辰都很高興，我仍有點猶豫不決，但這點小心思在我爸火速辦好轉學手續後，就再也沒有轉圜的餘地。

蘇北辰幫我把行李都打包好，用快遞寄到我爸在臺北的家，我看著從小住到大的房間，如今空蕩蕩的，只剩下一個裝滿隨身衣物的行李箱，頓時有些惆悵。

辦好轉學手續的當天，我爸便趕回臺北了，我爭取到三天的時間，留下來整理奶奶的遺物，還有清掃家裡的環境。

今天是最後一天，等蘇北辰把家裡再巡視一遍，我們就要動身了。

我坐在床邊，心裡有點悵然若失。

蘇北辰走了進來，提起我的行李，「該走了。」

「好。」

我沉默地跟在蘇北辰身後。

「等到寒暑假還能再回來的，不要這麼無精打采。」蘇北辰在前頭淡淡地說。

我應了一聲，但實在提不起精神。

奶奶離開了我，我離開了這裡，也許人生就是不斷在告別，不斷離開我們所熟悉的環境，投向未知且陌生的地方。

我和蘇北辰搭上前往臺北的火車時，都已經中午了。

大概是平日的關係，車上的人很少，也很安靜，偌大的車廂，只聽到火車行駛的聲音。

火車搖搖晃晃地朝目的地前進，我閉上了眼睛。

「累了的話，就靠在我肩膀睡一下吧。」蘇北辰輕聲說。

我沒睜開雙眼，只是問他：「你對所有人都這麼好嗎？」

「我把妳當妹妹，當然對妳很好。」蘇北辰給了我一個很明確的答案。

「我可沒有哥哥。」我低喃，很任性地把頭靠在他肩膀上。

此時，我才意識到這個世界上，我只剩下蘇北辰了。

即便我還有苗苗跟我爸，他們仍比不上蘇北辰在我心裡的重要性。

「蘇北辰，你現在還覺得我說我喜歡你，只是一種依賴嗎？」我的聲音很輕很輕。

他只是笑了一聲，拍拍我的頭，「睡吧，還要過一段時間才會到呢。」

他沒回答我，但我想自己已經知道他的答案了。

眼淚慢慢地從我的眼角流到蘇北辰的衣服上，這一滴淚水，彷彿在告別這個我生活了十七年的地方。

✦

一到臺北，蘇北辰先按照地址把我送到了我爸家，在大樓的門口前，他叮嚀完一些事項便轉身要走，卻被我拉住了衣角。

「怎麼了？」他回過頭。

「我……」我遲疑了幾秒，「有點怕。」

蘇北辰打趣道：「需要我送妳進屋，陪妳一起看看情況嗎？如果妳後母是個會吃人的妖怪，我立刻把妳救出來。」

雖然蘇北辰只是在開玩笑，我卻有種被踩到痛處的感覺。

「你根本不懂我的感受！」我有點委屈地朝他吼。

蘇北辰不怒反笑，揉了揉我的頭髮，「不要鬧脾氣了，又不是小孩子，妳總是要面對這一切的。」

我嘆口氣，他說得對。

「那……」我垂下肩膀，「我進去了。」

「等等。」蘇北辰拉住我的手腕，「記得跟妳阿姨好好相處，不要擔心，過幾天等我有空再帶妳去玩，這次換我招待妳。」

我仰頭看著他，蘇北辰的眼裡盈滿了光亮。

「我可以的。」我深吸一口氣，「合歡山北峰我都能帶新手去爬了，還有什麼關卡我過不了？」

蘇北辰愣了愣，淺淺地勾起嘴角，「這麼想就對了，去吧。」

我提起行李，走進大樓前，回頭看了蘇北辰一眼，他還站在原地，朝我擺手，要我快點進去。

「你怎麼還不走啊？」我朝外面一喊，引來警衛的側目。

蘇北辰莞爾，從口袋裡掏出手機，我連忙跟著拿出手機，下一秒，蘇北辰的訊息傳了過來。

蘇北辰：神經病，趕快進去，這種離情依依的畫面看起來很蠢。

不知道爲什麼，我的心情居然好了許多，我想我眞的是個神經病也說不定。

孫黛穎：好，我走了，晚上再跟你報告情形。

回完訊息後，我把手機塞進口袋裡，頭也不回地進入中庭。

沒錯，孫黛穎，妳要有點勇氣，不需要這麼依依不捨，更何況過幾天又會和蘇北辰見面，沒必要這樣。

我拉著行李搭上電梯，站在那一扇門前，猶豫了許久，才按下門鈴。

我爸還沒來得及給我鑰匙，便匆匆回臺北，現在我只能站在家門前，等待裡頭的人來開門。

過沒多久，門被打開了，是阿姨。

她好像不太認得我的樣子，停頓了幾秒才回過神，對我說：「是黛穎吧？」

我點點頭，「阿姨好。」

她側過身讓我進去，我進到屋裡，張望著四周，小時候我來過這間房子，現在一看，居然跟記憶中的樣子截然不同。

「妳先住依穎的房間，時間太匆促了，還來不及整理，明天週末我們一起去買妳喜歡的寢具。」

阿姨一邊說，一邊推開了房門，一間小巧精緻的女孩房映入我眼簾。

「我睡這裡，那依穎睡哪裡？」

「先讓她睡琴房吧，我們買了張折疊床，是不太好睡，但在自己家，忍個幾天也就習慣了。」

我喔了聲，提議道：「我去睡琴房吧，依穎的東西都在房間裡，搬來搬去也不方便，我東西少，客隨主便就好。」

阿姨愣了一會，「不，妳不是客人……」

我察覺到自己說錯話，有些不知所措。

「我不是……不是那個意思。」我結結巴巴地說。

阿姨尷尬地笑了下，「沒關係，妳想住哪間都可以的。」

我看了眼依穎的房間，又轉頭看向琴房，「我還是睡琴房吧。」

阿姨有些意外，我撓撓頭，不知該從何解釋起。那間女孩房裝修得太漂亮，不管是哪一個角落，都散發著優雅甜美的氣息，我只覺得渾身不對勁。

我苦思了一會兒，還是只能說出「我東西比較少，這樣比較方便」的話。

阿姨不太能理解，但還是同意了，接著把我帶進琴房裡。

裡面除了擺了一架鋼琴和一個書架之外，還塞了張折疊床進來，讓原本就不大的空間，只剩下一個走道的寬度。

阿姨露出歉疚的神情，我卻鬆了口氣。

這樣很好，如此一來，我也不會太影響到他們本來的生活。

正事都處理好後，我和阿姨坐在客廳裡相對無言，我想起蘇北辰剛剛的叮嚀，他希望我與阿姨能好好相處，所以我嘗試找了一些話題跟她閒聊，但不知爲何，我們聊著聊著，最後總是會回歸沉默。

幸好沒多久，我爸和依穎就回來了。

他提了一臺筆電給我，給了我一張雲華高中的入學證明，並打開Google地圖，跟我說明學校在哪裡，應該怎麼走，依穎在旁邊聽著，提議不如明天大家一起去一趟，這樣星期一上學，我也不用自己摸索找路。

直到此刻，我才總算好好打量這位未曾謀面的妹妹。

依穎長得很可愛，容貌神似阿姨，可能是長年練琴的關係，也可能是一頭長髮披在肩上的緣故，端坐在沙發上的她，看起來很有氣質，像個小公主。

我回想自己小學五年級的模樣，雖然已經沒什麼印象了，但肯定不像她一樣這般端莊優雅。

「時間也差不多了，我們出發吧。」阿姨換了身衣服，綁起頭髮，化了淡妝，對著我揚起笑容，「我們訂了餐廳，算是幫妳接風洗塵。」

「是向叔叔的店嗎？」依穎問。

阿姨拍拍依穎的頭，「對啊。」

「那這次我要吃海鮮麵。」

「好。」

我看著她們的裝扮，覺得只穿了件T恤跟牛仔褲的自己，是如此格格不入。出了門，阿姨牽著依穎的手，我爸走在我身旁。看起來眞像是一家人。

「雲華高中……」我開口，「學費貴嗎？」

我爸頓了頓，搖搖頭，「不貴。」

「應該是私立的吧，不然怎麼可能這麼容易就能轉學進去？」我有些困惑。

我爸淡淡地說：「是私立的，但是所很好的學校，我託人才拿到入學許可，裡面也有能上建中、北一女的學生，教學資源很好，妳不用擔心。」

我喔了聲，心想就是因爲這樣才更擔心，我寧可去念職校，至少比較不用擔心程度跟不上的問題。

可是事到如今，我也不好多說什麼。

眼看我跟我爸又要陷入沉默，我左思右想，好不容易擠出一句話，試圖緩解尷尬的氣氛，「依穎長得很可愛。」

我爸牛頭不對馬嘴地回：「琴房很小，本來沒想要讓依穎學琴的，可是學校老師說她很有音樂天分，所以才隔了一間空房讓她練琴，等到週末，我讓依穎把房間整理一下，將琴搬進她房裡，這樣妳也算是有自己的房間了。」

夕陽西下，橘黃的餘暉映照在路面上，好似灑了一地流金，卻像是一條河，隔開了我和我爸，把我們之間的距離拉得好遠好遠。

「其實，也不用這麼麻煩……」我低著頭說。

我爸沒接話，我也靜默了下來。

我們默默走進餐廳裡，是一間義大利麵店，看著菜單，雖然我不是沒有吃過，但卻從沒見過有這麼多口味的義大利麵，我只覺得眼花撩亂，最後點了道最常見的番茄肉醬麵。

點好餐之後，依穎滔滔不絕地說起在學校發生的事情，阿姨很認眞地聽著，我爸有一搭沒一搭地回話，即便沒得到什麼回應，依穎仍繼續說下去，想來他們平常也是這樣相處的。

我有一種很強烈的疏離感，雖然以前我看過苗苗與她家人之間的相處情形，覺得有些欣羨，可是現在這群人成了我的家人，我卻不知道要怎麼融入他們。

我不禁羨慕起蘇北辰，羨慕他那種跟誰都能聊得來的個性。

「姊姊，姊姊？」

我回過神，對上三道探詢的目光。

「姊姊在想什麼？我叫妳，妳都不理我。」依穎問。

「沒事，妳剛剛叫我幹麼？」我趕緊開口。

「我問姊姊會什麼樂器，我要選副修了，說不定可以跟姊姊學。」依穎笑嘻嘻地說。

我搖搖頭，「我什麼都不會。」

「咦？」依穎不可置信地看著我，兩隻眼睛骨碌碌地轉著，像是想看出我是不是在騙她。

我微笑，「是真的，我沒有學過任何樂器。」

這時候服務生上菜了，順勢把這話題給揭了過去。

依穎看向我的眼神，讓我有些難以理解，於是接下來的時間，我都在琢磨她眼裡的含意，可總是想不透。

也許她覺得她會的，我也應該要會，她有的，我也應該要有，可是她又怎麼會知道，當她上著一堂幾千塊的鋼琴課時，我和奶奶還在斤斤計較，今天的晚餐吃了多少錢。

我邊思索邊低頭吃麵，沒注意到服務生的桌邊服務，一不小心手肘撞到了服務生，他手上提著用來加水的水瓶掉落在地上，瞬間四分五裂，我尖叫一聲，跳了起來，心急地想去幫忙，卻同時把我的主餐盤子給掀翻了。

服務生慌張地詢問我有沒有受傷，我不知所措地看著一地的水、番茄肉醬麵、破水瓶跟碎盤子。

我爸和阿姨一時也愣住了。

「老孫，你怎麼來了也不說一聲？」

一個看起來像是老闆的中年男人走了過來，瞪了服務生一眼，「還不趕快把地板收拾乾淨。」

服務生立刻去拿打掃用具，我衣服上沾著肉醬，現在站也不是，坐也不是，只能尷尬地看著來人。

他抽了幾張面紙給我，「妳就是老孫的大女兒吧？我是這家店的老闆，我姓向，妳跟依穎一起叫我向叔叔就好了。」

我叫了聲向叔叔，看著手上的面紙，「我、我去洗手間擦一擦。」

「去吧。」我爸說。

我幾乎是落荒而逃地鑽進洗手間。

蕃茄醬並不容易清洗乾淨，我擦拭了好幾次，終究只是白費力氣。洗把臉，我收拾好情緒，離開洗手間。

還沒走回位子上，便聽到依穎笑著說：「姊姊好好笑，打翻就打翻了，服務生會清理，她為什麼這麼緊張？」

我停下腳步，轉身又躲回洗手間，坐在馬桶蓋上。

我失神地看著衣服上的汙漬，腦子裡不停地問：我為什麼會在這裡？

套一句現在最流行的用語，我出現在這裡，根本就畫風不對。

人家是一家人，我是什麼……

我坐了一會兒，實在提不起勇氣回到餐桌上，索性拿出手機打電話給蘇北辰。

打了兩次，他都沒有接通。

我怔怔地看著手機螢幕變暗，這一瞬間，我只想離開餐廳，去到蘇北辰所在的地方。

但下一秒，我發現就算想這麼做，也不知道該去哪裡找他。

「姊姊，妳還好嗎？」依穎的聲音忽然傳了進來，「妳在裡面嗎？」

「我在。」我趕緊出聲，「我馬上出去。」

「好，那我先回去，地板已經掃乾淨了，不用擔心。」依穎說完，我聽見洗手間門被關上的聲音。

我深吸口氣，自欺欺人地按下沖水鍵，洗好手才離開洗手間。

沒想到依穎就站在門外等我。

「妳怎麼在這裡？」我吃驚地看著她。

依穎賊兮兮地一笑，「我怕妳不敢回去，所以特地在這裡等妳。」

我錯愕不已。

「妳不要擔心，媽媽雖然很凶，但她人很好，而且有向叔叔在，她不會發脾氣的。」

我笑了起來，「沒有，我不怕，就是剛好肚子有點痛而已。」

依穎的眼睛轉了一圈，「我懂，我都懂，我保證媽媽真的沒有生氣。」

顯然地，依穎完全不相信我的話，倒不如說，她常常用這種手段，所以很快就看穿我的藉口。

眞是個鬼靈精。

我無話可說，只得嘆一口氣，「對啊，我是眞的有點擔心。」

「沒事的。」依穎笑嘻嘻的，「只要有外人在，媽媽就不會生氣。」

我點點頭，把這件事暗記在心。阿姨這種習慣，大概是與家醜不可外揚的個性有關。

我們回到座位時，向叔叔已經走了。

阿姨看了看我沾上汙漬的衣服，目光緩緩移到我臉上，「我看妳帶來的東西這麼少，大概也需要買些新衣服。」

我乾笑幾聲，「對不起，沒想到我把事情越弄越糟。」

「沒事。」我爸啟口，聲音低低的，「不過妳阿姨說得對，明天買寢具時，順便買幾件衣服吧。」

我只能點頭答應。

餐桌上，我安安靜靜地聽著他們閒聊，腦子裡卻不時想到蘇北辰不接我電話的事。

回到家裡，我跟依穎輪流洗澡，等我走出浴室的時候，依穎拿著我的手機過來，「響了。」

我接過手機，看到螢幕上顯示的名字，是蘇北辰。

我應該要馬上接起來的，但我卻鬧脾氣似地按下了靜音鍵。

「不接嗎？」依穎好奇地問。

我搖搖頭，「沒關係，我等一下再打回去。」

「這樣電話費很貴，媽媽會生氣的。」依穎皺皺鼻子，「我之前就因爲這樣被挨罵。」

我們一邊說著，一邊回到琴房裡。

我坐在折疊床上，擦乾頭髮，依穎挨著我坐下。

「姊姊，妳爲什麼不學樂器？」

「我沒有……音樂天分。」我把沒有錢這三個字換成了另外一個藉口，好像沒有錢是件很丟臉的事一樣。

依穎想了幾秒，「所以不是因爲不想練琴嗎？」

我一愣，低低地笑了，「原來妳不想練琴。」

被我說破，依穎也笑了起來，「練琴有什麼好的，超無聊。」

「練吧，妳有這個才華，總比我一點天分都沒有來得好。」我安慰她。

依穎直直地盯著我，「姊姊，不練琴的生活是什麼樣子？」

我低頭思索，「我以前住在山裡的時候，晚上寫完功課，就是看星星、吹風、發呆，有時候會去泡溫泉，其實也沒什……」

依穎突然打斷我，「妳爲什麼過得這麼好!?」

「啊？」我很意外聽見她這麼說。

她噘著嘴，「我只能一直練琴、練琴、練琴，做過最有趣的事情就是去上英文課。」

上英文課也能算是最有趣的事情？

這下換我瞠目結舌了。

「我要去跟媽媽說我不要練琴了。」

「妳不喜歡彈鋼琴嗎？」我連忙問。

依穎偏著頭，「還好，只是練琴好辛苦。」

「不辛苦，比起我過去做的事，練琴算很輕鬆了。」

我把以前和奶奶賣蔥抓餅的日子都告訴了依穎，免得她眞的去跟阿姨說她不學琴了，到時候阿姨還不把這件事怪到我頭上。

依穎聽了半天，還在猶豫要不要繼續學琴的時候，我爸突然推門進來房裡。

本來房門就是半掩著，看到他一進來，我頓時背後一涼，不知道他聽見多少。

「依穎，妳先出去。」

「蛤？是我先來找姊姊聊天的耶。」

「出去。」

我爸的口氣雖然溫和，卻帶著不容拒絕的意思，依穎這鬼靈精一聽到他這麼說，馬上就離開了房間。

我放下擦頭髮的毛巾，先一步問道：「爸，你要跟我說什麼？」

「妳和奶奶以前過得很辛苦嗎？」

他開門見山地問，我低下頭，撫平放在腿上的毛巾。

我們過得辛不辛苦，難道你都不知道？就算奶奶不說，我不說，難道你想像不出來嗎？

我揚起不以為意的笑容，「還好吧，有時候會遇見奧客，有時候奶奶會忘記吃藥，要送急診，其他時候都還好。」

「……對不起。」我爸語帶歉意，「我曾經想把妳和奶奶接來一起住。」

「我知道。」

話是這麼說，這間屋子也就三個房間，如果奶奶來了，要住哪裡？跟我一起住琴房？

我與我爸相對無言，最後他要我好好休息，便離開了。

我愣愣地看著房門口，搞不懂自己爲什麼要用這種態度對待我爸。

明明我下午還能好聲好氣地問他學校的事情，爲什麼他一提起奶奶我就生氣？是不是我心裡還在怨懟他？

我甩甩頭，很想把這一切莫名其妙的情緒都甩到腦後。

但我沒辦法，就像我沒辦法離開這裡，也不可能回到過去，那些我不願面對的事情，終究是無法輕易逃避。

我苦笑一聲，拿起手機，看著蘇北辰的未接來電，想了會兒，正想按下通話鍵時，蘇北辰的電話就來了。

我嚇了一跳，卻莫名感到開心。

我很高興，他找不到我的時候，還會再打第二次電話給我，像是我對他無比重要，需要緊緊握在手裡似的。

第三章　世界太艱難，我只想在你身邊

我眷戀手心被他緊握在手裡的感覺，像是被他保護著，再也不受風雨侵擾。

這是間貴族學校。

站在導師辦公室裡，這個念頭不停竄入我的腦海裡。

進到班上，這想法又更加強烈了。

每張課桌上都擺著平板電腦，黑板旁還有臺教師用的電腦，整潔新穎的教室裡瀰漫著淡淡的香氣。

導師介紹完我的姓名後，環視了底下的同學，似乎思考要把我安排在哪個座位。

「坐這裡，坐這裡！」一個男生朝臺上招手，「老師，我一定會好好照顧新同學的。」

導師朝他微微皺眉，「馮英柏，你不要帶壞新同學就不錯了。」

「我哪會啊，我這麼熱情大方……」

他話還沒說完，全班哄堂大笑，居然還有人把垃圾紙團扔到那個男生身上。

「屁咧！」

「要不要臉啊？」

「克制克制，新同學都要被嚇壞了。」

「猥瑣！」

此起彼落的聲音都在罵馮英柏，可是他還是笑著，不爲所動。

「好了好了。」導師無可奈何地制止了臺下吵鬧的大家，「那妳就坐馮英柏的旁邊，周筱秋，妳換到第二排第三個空位。」

本來坐在馮英柏旁邊的那個女孩子，瞪了我一眼，應了聲好，便低頭收拾東西。

我不明所以，但沒特別放在心上。

我站在講臺旁，等周筱秋收好東西，才走過去。

「喂喂，孫黛穎，妳從哪裡轉來的？」我剛入座，還不清楚現在要上什麼課的時候，馮英柏突然湊了過來。

我看了他一眼沒回答，突然間，導師的粉筆直直地落在馮英柏的桌上，他板著臉說：「上課不要聊天。」

「老師，新同學沒有課本。」馮英柏笑嘻嘻地答，根本沒把導師放在眼裡。

「孫黛穎，妳把桌子拉過去跟馮英柏一起看，等等下課後，妳來導師辦公室領課本。」

我頷首，默默把桌子跟馮英柏的併在一起，從書包裡拿出筆記本和鉛筆盒。

馮英柏把課本推過來，上面還夾著一張紙條，我看著他，他朝我擠眉弄眼，示意我把紙條打開。

妳從哪裡轉來的？

我看了一眼臺上導師的背影，在紙上潦草地寫下之前高中的名字，把紙條傳了回去，然後假裝很認眞地看著課本，怕被老師看見我和馮英柏在傳紙條，儘管我們坐得這麼近，被發現的機率很低。

這個時候，老師轉過身來，「大家解解看黑板上的題目。」

我看著大家在平板電腦上作答，有些慌張地不知道該怎麼使用我面前的平板。

馮英柏忽然伸長了手，把我的平板拿到他面前，幫我點開相關程式，從保護套裡抽出一隻平板專用筆。

「在空白的地方作答，寫好後按下儲存，老師那邊就會收到妳的答案了。」

「這是隨堂考嗎？」我低聲問。

馮英柏點點頭，笑咪咪地說：「不過不會也沒關係，老林個性很好，不會生氣的。」

老林？

我聽到這個稱呼忍不住噗哧一笑，引來不少人的側目，當然也包括老林……我是說導師。

「不會用嗎？」老林投來一個問句，然後對馮英柏使眼色。

「我教了。」馮英柏笑嘻嘻的，「老……師，等一等新同學吧，我們來聊聊天。」

老林根本沒理他，低頭看了看自己的螢幕，「聊什麼天，你寫錯了。」

馮英柏有些錯愕，驚呼出聲，「眞的假的？我超有把握的欸。」

「大意失荊州，這星期的值日生都是你了。」

班上哄堂大笑，在同學們此起彼落的道謝中，夾雜著馮英柏的抗議聲。

老師眉眼不動，對於馮英柏的呼天搶地半點反應都沒有。

「老師，你這是歧視成績不好的人！」馮英柏大喊。

我一愣，沒想到會有人直接說老師歧視。

即便是我這種不把成績放在心上的人，也絕對不敢這麼對老師說話，和原本的學校比起來，這裡的校風似乎開放許多，難道這就是所謂的城鄉差距？

想不到，四周又傳來不少笑聲，老林無可奈何地對馮英柏說：「上學期的三次段考，全校第一都讓你包了，你算什麼成績不好？」

馮英柏哈哈大笑。

我恍然大悟，原來這人只是在開玩笑而已。

馮英柏重新在平板上寫下算式，我連忙把注意力拉回到題目上。

雖然蘇北辰有跟我講解過這種題型，我卻不記得要怎麼解，所以只嘗試寫了一半就放棄了。

過了一會兒，老林看了眼螢幕，「孫黛穎，這個地方妳是不是還沒學過？」

我點點頭，老林了然，「馮英柏，你負責教新同學。」

「那還要不要當值日生啊？」馮英柏立刻見縫插針地問。

「要。」老林沒好氣地瞪了他一眼，「就讓新同學跟你一起當值日生，你順便和她介紹學校環境，像是垃圾場、福利社之類的在哪裡。」

馮英柏露出笑容，「如果有新同學陪我，那我也不算虧了。」

老林嘆了口氣，像是拿馮英柏一點辦法都沒有。

他轉身在黑板上寫下題目的詳細解法，我連忙抄在筆記本上，才剛寫完，就看到馮英柏不太專心地撐著臉，看著窗外發呆。

「你不做筆記嗎？」我壓低聲音，好奇地問。

他收回目光，靜靜地揚起微笑，對我搖搖頭。

他不說話的樣子，背著日光的臉龐，看起來跟剛剛那個與老林插科打諢的男生，完全不同。

我這才注意到，他有一雙很漂亮的眼睛，明明是男生，睫毛卻長到不行，像是可以在上頭擺東西似的。

「我都會，不用寫。」他一開口，我覺得這人又變回剛剛那個頑皮的學生了。

我喔了聲，視線落回正在解說題目的老林身上。

不知道為什麼，馮英柏安靜的側臉，讓我想起了蘇北辰。

我忽然好想念蘇北辰，好希望下一秒就能見到他。

即便我這麼期望著，這也是不可能發生的事，一切都只是我的痴心妄想罷了。

不只今天見不到他，明天也見不到，他跟我說開學前一週社團有事，週六我們才會一起吃飯。

回過神來，我專注在我面前寫著凌亂公式的課本上，繼續聽課。

一整天下來，我忙著適應學校生活，在馮英柏的陪伴下，倒也不至於太過慌亂。馮英柏是個很熱心的嚮導，他帶我領課本，中午陪我去買午餐，下午拉著我訂飲料，每一堂課，在老師一進教室，發現有轉學生的時候，馮英柏會嘻嘻哈哈地替我回話。

他好像生怕我適應不良，明天就不來似的。

我心裡轉著這個念頭，到第二天，馮英柏還是用一樣的態度對我，我忍不住詢問他。

「馮英柏，你幹麼對我這麼好？」我問。

我們提著一大袋垃圾，一起往垃圾場走去。

這是值日生的工作。

「我對妳好，不好嗎？」馮英柏笑著反問。

他居然不否認。

「雖然沒什麼不好，但我總覺得你別有所圖。」我偏著頭，「但又不像是衝著我來的，難道我是煙霧彈？你打算要做什麼壞事？」

馮英柏揉著額角，露出哭笑不得的表情，「妳說妳之前的學校在山腳下，是不是因此妳野性的直覺也特別強烈？」

「你在說什麼？」我不明就裡地看著他。

「別亂猜了，倒完垃圾我告訴妳實話。」他搔搔臉頰。

咦？所以他對我那麼好，真的是另有目的？

其實我也不是想要逼問他，只是好奇他為什麼會這麼熱情，雖然他本來人緣就很好，也可能與他的個性有關，但我就是覺得哪裡怪怪的。

我和馮英柏一起把垃圾扔進子母車裡，在旁邊的洗手臺洗好手後，放學的鐘聲正好響起。

「放學後妳有事嗎？」馮英柏甩掉手上的水滴，「我請妳吃冰。」

「好啊。」我爽快地應了。其實我也不想太早回家，雖然阿姨和依穎都對我很友善，但待在那個家裡，我還是會感到不自在。

我拿出手機，在我家的LINE群組裡說了我要和同學去吃冰，會晚點回家，阿姨很快就回了OK的訊息。

回到教室時，大家已經走得差不多了，我收拾一下，將課本及作業都放進書包裡，而馮英柏很快便整理好東西，在教室後門等我。

我看著他那個扁到可以拿起來搧風的書包，「你功課都寫完了？」

「嗯，才那麼一點點，我在上課時就寫完了。」馮英柏得意洋洋的，「妳坐我旁邊，怎麼沒看到啊？」

我第一次體會到天分這種東西，不是光靠努力就能改變的，上課的時候，我還聽不太懂老師在說什麼，這人已經把回家功課都完成了。

「妳功課不太好吧？」馮英柏笑嘻嘻地問。

「誰跟你比，都算功課不好吧？」我氣得回嘴，「全、校、第、一！」

他哈哈大笑，「要不要我教妳？」

「不用。」我瞪了他一眼，「我有家教。」

「喔……真可惜。」馮英柏聳聳肩，「走吧，去吃冰。」

我們一起走到離學校不遠的冰店，一進去，便找了個靠裡頭的位子坐下，馮英柏拿起點菜單，迅速畫下自己想吃的冰品，卻不把單子給我。

我莫名其妙地看著他，「你幹麼不讓我看？」

「我只是想勸妳一句，根據我多年來的經驗，如果店家在菜單上標明有招牌餐點，還在餐名前面打上一顆星星，表示超推薦的話……」

說著說著，他突然停了下來，見他遲遲不說，我只得追問：「這代表什麼意思？」

他忽然湊過來，在我耳邊小聲地說：「代表這家店只有這道餐點好吃。」

我笑出聲，伸手推開他，「簡直是廢話。」

他意味深遠地搖頭，然後把菜單推到我面前，手指在招牌冰上點了兩下。

呃……這不就是他剛剛說的，招牌加推薦，頗有一種不嘗嘗看這道招牌冰，此生一定會留下遺憾的感覺。

我看著馮英柏，他朝我用力點頭。

我猶豫許久，最後在菜單上畫下我想吃的那道冰品。

馮英柏很意外，「妳確定？」

我頷首，「我確定。」

「妳會後悔的。」

「吃不到才會後悔。」

「妳好固執。」

「關你屁事。」

我們倆對峙了幾秒，後來馮英柏先開口，「隨便妳，到時候妳吃了我的招牌冰就知道了。」

我哼了一聲，朝他擺擺手，示意他快點去買單。

我可沒忘了這人說要請我吃冰的事。

過沒多久，馮英柏端著兩碗冰回來了。

「你要跟我說的實話是什麼？」我一邊拿起湯匙戳著冰，一邊問。

「說起來也不過是一件小事。」馮英柏隨口說，「就是原本坐在妳位子上的那個女生……」

「周筱秋？」我問。

「對，就是她。她喜歡我，但我不喜歡她。」馮英柏挺誠實地說，「本來也沒什麼，可是她老是喜歡問我一些莫名其妙的問題，人又滿煩的，剛好妳來了，所以……」

「你跟老師說要我坐你旁邊，這樣你就可以不用跟周筱秋打交道了。」我接續他的話，一口氣說完。

馮英柏嘿嘿了兩聲，「妳眞聰明。」

「你利用我。」

我其實也沒什麼意思，不過馮英柏一聽到這話，突然緊張起來，話說得又快又急，「所以我請妳吃冰嘛。」

「那不一樣。」我忽然想捉弄一下他，「這件事你沒先問過我的意見，我很吃虧的。」

「妳轉來之前我又不認識妳，怎麼問妳？」馮英柏吃了口冰，又道：「而且妳又沒有損失，哪算得上是吃虧？」

我噎了一下，被說得啞口無言。

「怎麼沒有損失，你害我少了周筱秋這個朋友，她一定很討厭我。」我只是隨口說說，哪會知道周筱秋討不討厭我。

「可是妳現在多了我這個戰友，不說別的，我好歹是全校第一，以後妳考試沒念書跟我打聲招呼就好，我可以照應妳，這個條件不錯吧？」

我失笑，「你連這種條件都能提出來了，幹麼不能忍受周筱秋？」

「唉，妳不懂啦。」馮英柏撐著臉，皺起眉頭，「女生很煩人的。」

「你這不是把我一起罵了嗎？」我挖了他一大口的冰，塞進嘴裡，口齒不清地說：「這是懲罰。」

馮英柏哈哈大笑，連忙把他的冰推到我面前，「是我失言，我錯了，妳多吃一點。」

我們邊吃邊聊，很快就解決完冰品，沒想到一抬頭，就看見周筱秋一行人走了進來。

眞是說曹操，曹操就到。

我對馮英柏使眼色，他不明所以地轉過頭，剛好和周筱秋對上眼，一瞬間那兩人的表情，讓我忍不住笑了出來。

周筱秋一臉驚訝，馮英柏的臉上也是同樣的神情，只是兩人的驚訝像是分屬光譜兩端，是截然不同的情緒，一種是驚喜，一種是驚嚇。

「吃完冰了，那我要回家了。」我背起書包，朝周筱秋揮揮手，算是打過招呼。

我跟周筱秋或是馮英柏都沒什麼話好說，只是馮英柏這兩天幫了我很多忙，怎麼說我都應該站在他那邊才對。

「等我，我們一起走。」馮英柏急忙道。

我看了馮英柏一眼，他抓起書包跟了上來。

「馮英柏，你們在約會嗎？」周筱秋那一桌的人忽然朝他問。

我一愣，馮英柏聽到這話笑了起來，我發現他是個很愛笑的人。

馮英柏答：「怎麼可能，我這是善待轉學生，你們都應該要付錢給我才對。」

「屁咧。一定是你硬拉著轉學生來吃冰，你幹麼不找我們？」他們嘻嘻哈哈地問，周筱秋臉上卻似笑非笑的，我正琢磨那是什麼意思，周筱秋已經直直地與我對上眼。

我頓了幾秒，朝她點頭。

還沒來得及看到周筱秋的反應，我書包的背帶倏地被人扯了一下。

「走啦，妳不是要回家了？」馮英柏說。

我轉頭看向馮英柏，等我再把視線轉回到周筱秋的時候，她已經在和別人聊天了。

我跟著馮英柏離開店家，才走沒幾步，他突然問：「妳會不會因此討厭我？」

「你指的是什麼？」我完全不明白他的意思。

馮英柏抓抓頭髮，「就是我用這種方式回應周筱秋。」

我聳肩，「我沒有任何想法，隨便你吧，我又不是周筱秋的朋友，你怎麼回應她，都與我無關。」

「可是我把妳拖下水了。」

「喔……」我想了會兒，「那你就補償我吧。」

「我怎麼補償妳？教妳打籃球？還是教妳功課？」馮英柏說著說著，頓了一下，「可是妳已經有家教了。」

其實我只是隨口說說，沒想到他竟然把這件事放在心上。

「算……」了吧。

「這樣吧，我帶妳去玩！」馮英柏的眼睛瞬間盈滿光亮，「妳應該對臺北超不熟的吧？」

我還沒來得及跟他說我已經有嚮導，馮英柏就已經一臉定案的樣子，「只要我沒補習的時候，就帶妳去玩。」

「你還要補習？你成績都這麼好了。」我詫異。

「是去加強英文口說，這個自己練習很難進步。」

我點點頭，假裝一副很了解的樣子，事實上英文口說什麼的，對我來說簡直陌生至極。

馮英柏連忙保證：「不用擔心，一週只有三天，其他時間我還是可以帶妳去玩的。」

「我沒有很擔心。」我搖頭，其實不出去玩也無所謂。

「那就好。那妳現在要去哪裡？」

我們走到捷運站的入口，我想了會兒，「我該回家了，我功課還沒寫。」

馮英柏有點失望地喔了一聲，「真可惜，這附近有一家甜點店，他的檸檬塔很好吃，本來想帶妳去品嘗的。」

我失笑，「還吃啊？我吃不下了，改天再說吧。」

「還是我送妳回家？」馮英柏問。

「你是神經病嗎？我們又不同路。」我朝他擺擺手，「我走了，明天見。」

「好吧，明天見。」

我轉身進入捷運站，即便不太想回家，但還是搭上了捷運。

一路上我磨磨蹭蹭的，最終拖著步伐來到家門口，掏出鑰匙的那一瞬間，我聽見家裡傳來對話聲，便停下手邊的動作。

「妳今天上課不太專心。」這聲音很陌生，我想應該是依穎的鋼琴老師。

「我不習慣嘛，鋼琴放在房間裡，空間都小到沒地方走路了。」依穎軟軟地抱怨。

裡頭靜了幾秒，過不久，我聽見開門的聲音響起，便慌張地三步併作兩步，打開旁邊的逃生門往樓上跑。

我也不知道我幹麼跑走，但就是覺得我不應該站在那兒。

沒多久，家門被推開了，我屏著呼吸，聽到了阿姨的聲音。

「依穎今天的情況不好嗎？」阿姨問。

「不太專心，不知道是什麼原因。」

「是不是眞的跟挪動鋼琴有關？」

「不一定，這個年紀的小孩子，心思都很敏感，有可能是其他因素影響了她的情緒，當然也有可能只是因爲搬動鋼琴的關係。」

「好的，謝謝老師，這陣子還麻煩老師多費心了。」

「哪裡，依穎很有天分，只是最近學琴時常常分心，這樣下去，如果要考音樂班可能會很辛苦。」

阿姨停了一下，才說：「好的，我會再和依穎溝通。」

我一直坐在逃生梯上，直到她們的對話結束許久，仍不想離開。

雖然不是我的問題，可是聽起來卻像是我的錯一樣。

我發了好一會兒的呆，直到LINE的訊息聲突如其來地在樓梯間響起，才喚回了我的思緒。

馮英柏：妳到家了嗎？

孫黛穎：到了，只是還沒進家門。

我呼了口長氣。

馮英柏：幹麼不進去？

孫黛穎：剛剛聽到一些話，心情不好。

馮英柏：說出來聽聽，我們現在是同一陣線，我要確保我的戰友身心都無比健康，這樣才能一起作戰。

看著他的訊息，我忍不住笑了，心頭上那股沉甸甸的感覺正逐漸消失。

我盡量簡單明瞭地把事情告訴了他。

馮英柏那頭安靜了一會兒，我以爲他等得不耐煩已經先去做其他事，正打算收起手機的時候，他的訊息又傳來了。

馮英柏：沒想到妳的處境這麼艱難，跟妳一比，我的問題簡直是小兒科。

孫黛穎：你才知道。

馮英柏：那妳現在打算怎麼辦？要不要來我家住？

孫黛穎：神經病，我要裝作一副沒事的樣子回家洗澡、寫作業、睡覺。

馮英柏：好吧，如果妳需要幫忙的話，一定要跟我說。

孫黛穎：知道了。

跟他聊完，心情好了許多，我慢慢走下樓梯，拿鑰匙打開家門，飯菜香撲面而來，依穎見我回來了，立刻跑過來，親暱地拉住我的手。

「姊姊妳回來啦。」她揚起甜美的笑容。

我跟著笑了下，「嗯，我回來了。」

阿姨的聲音從廚房傳來，「妳爸也快要回來了，等等就可以吃飯了。」

「好。」我應了一聲，拍了拍依穎的頭，「我先去把制服換下來。」

依穎點點頭，跑到客廳去看電視。

回到狹小的琴房，原本放鋼琴的地方被擺上一張書桌與椅子，我靠在門板上，覺得自己像個雙面人，把所有的不快樂統統藏在心底，在他們面前戴上那副名為和樂融融的面具。

這幾天是過得如此漫長，我多麼希望時間能快轉到週末。

我滿心期盼週末的到來，迫不及待地想見蘇北辰一面。

他說要帶我去參觀他的學校，這樣以後放學不知道要去哪時，我就可以去找他。而且他說要當我的家教，不知道這話還算不算數？如果他真的能夠繼續幫我上課，我也不用這麼早回家了。

沒想到在週末來臨之前，發生了一件事。

這一整週，只要馮英柏沒事，就常常跑來找我閒聊，午餐也拉著我一起吃飯，更別說我們兩個還是這週的值日生，幾乎快形影不離了。結果現在流言滿天飛，要不就是說馮英柏對我一見鍾情，要不就是說我手段極佳，一來就收服了沒有女生搞得定的馮英柏。

我有苦難言，這種事說不清楚，也不知道應該怎麼解釋才好，畢竟這是馮英柏的私事，說到底根本不關我的事。

馮英柏卻一點也不在乎，甚至希望謠言越演越烈。

「欸，今天是週五，放學後妳想去哪裡玩？」馮英柏跟我一起倒完垃圾後，邊洗手邊問。

我搖搖頭，「沒有特別想去的地方。」

「那我們去逛夜市好了。」馮英柏興致勃勃地說，「妳今天應該不用急著回家寫功課吧？」

我瞪了他一眼，「每次聽你這麼說，我就覺得有點火大，我們不是同班嗎？被你說得好像只有我有回家作業。」

他笑出聲，「誰叫妳下課都在睡覺，我可是都在寫作業啊。」

我不以為意，「那你回家要幹麼，睡覺？不就跟我一樣，只是先後順序不一樣而已。」

「我會去打球啊，我家附近有個籃球場，晚上常跟我哥去那裡打球，那個場地幾乎沒什麼人使用，可以打得很盡興。」

「原來你有哥哥。」我有些驚訝，「是個很好相處的人嗎？」

馮英柏得意洋洋地說：「我哥人超好的，功課也很好，他明年或後年應該會去德國當交換學生。」

我想了會兒，「那裡應該很冷吧？」

馮英柏聳聳肩，「誰知道，我又沒去過，不過課本上寫說德國的夏季平均氣溫是二十度，我想應該很舒服吧。」

我低頭思索片刻，想不出個所以然，索性換個話題，「那我們晚上去哪個夜市逛逛？」

馮英柏提議，「士林？寧夏？妳想去哪個？」

「哪個都好。」

馮英柏馬上拿定了主意，「那去士林好了，妳是觀光客嘛，第一次來就先從最有名的士林夜市逛起。」

我頷首，眼角餘光瞥見周筱秋站在一旁的樹下朝我招手。

我用手指比著自己的臉，她點了點頭。

看她的樣子好像是不想讓馮英柏知道，於是我扯了個藉口，打發馮英柏先回教室收拾書包，然後才朝周筱秋走去。

她帶著我走到學校偏僻的一角，看著我問：「妳喜歡馮英柏嗎？」

「還好，他是我朋友。」我注視著周筱秋，帶著一點戒心。

我們平日根本沒有交情，而且是什麼事得到這麼隱密的地方才能說？

「那妳可以不要勾引他嗎？」

聽到她的話，我簡直不敢相信，「勾引？」

比起生氣，我第一個反應是荒謬，因此忍不住笑了。

「神經病。」我轉身要走，話不投機，半個字我都不想多說。

周筱秋拉住我的手腕，我皺著眉回身，卻挨了她一巴掌，因爲身高差的關係，這一下只打在我的肩膀上，不然原本她是打算要賞我一個耳光。

我反握住她的手，用力一推，周筱秋直接被我推倒在地上。

我瞪著她，她瞪著我，接著她忽然態度一變，楚楚可憐地喊：「馮英柏……」

我回過頭，看到馮英柏站在不遠處，臉色不太好看地望著我們。

看來是被他撞見了方才的情景，我思索幾秒，想不出什麼辯解的話，索性保持沉默，而周筱秋仍一動不動地坐在地上，那畫面說有多蠢就有多蠢。

見她擺出一副無辜的樣子，我不禁笑了出來。

馮英柏走到我們面前，理都不理我，看著周筱秋好一會兒，蹲下身，拿出手機操作了幾下，熟悉的聲音忽然從他手機裡傳來。

聽著短短的幾句對話，我後知後覺地發現到，這傢伙把所有過程都錄了下來。

「我的理智告訴我要有騎士精神，去揭發妳的惡行，可是我眞的不想這麼做，讓妳太難堪。」他起身，居高臨下地說：「所以這樣吧，剛剛發生的事我不會說出去，希望妳不要再找孫黛穎的麻煩，也不要再喜歡我了，我永遠都不會喜歡上妳。」

靠，這傢伙居然也有這麼帥的一面。

我都看傻了眼，最後整個人愣愣地被馮英柏帶走。

「你怎麼知道……」我呆呆地說，「周筱秋找我？」

馮英柏露出得意洋洋的笑容，「妳打發我的當下，我就知道了。」

我哭笑不得，「所以你是故意離開的？」

「嗯，故意的。」馮英柏很乾脆地承認了，「我就是想看看她到底要幹麼。」

「你都不怕她找人打我？」我問。

馮英柏想了會兒，「我不是一直跟著妳嗎？如果眞的發生什麼事，我會幫妳找教官來的。」

「你眞是各種利用我。」我聳聳肩，「不過算了，其實我也滿好奇她想對我做什麼。」

「妳就不怕她打妳？」這回換馮英柏拿同樣的問題問我。

我搖頭，「不怕，她打不贏我。」

馮英柏點頭，「確實，她那麼弱不禁風。如果下次遇到這種事，記得要用手機錄音，不然超危險的，像今天這種情形，倘若沒有證據，事後周筱秋跑去宣揚妳欺負她的話，妳就百口莫辯了。」

「所以你眞的不打算說出去？」我想了想，「像是去告訴老師之類的。」

「不用，大家都是同學，撕破臉多難看，而且她其實也沒做什麼事，若是跟老師講的話，連妳都會有麻煩。」

「我會有什麼麻煩？」我嗤之以鼻，「我才不怕。」

「是喔，妳不怕，那要是學校去聯絡妳爸呢？」

我啞口無言，他說得對。

「我們說好，誰都不能把這件事說出去。」我態度一轉，「假如被我爸知道，我就完蛋了。」

我和阿姨一家人之間的相處仍說不上有多和樂，如果讓他們得知這件事，雙方的關係豈不是會更加僵化？我也很有可能在他們心裡留下不好的印象。

「沒問題。」馮英柏朝我伸出手，我想也不想地拍了他的手一下。

「一言爲定。」

「還有一小時……」

✦

終於到了週末，我和蘇北辰約好在他大學附近的捷運站出口碰頭，我坐在站外的階梯上，因爲抓不准時間，又不想讓蘇北辰等我，所以才早到這麼多。

汗沿著臉頰一滴一滴地滑落，左右張望了一下，我找了間超商進去坐著吹冷氣，同時發訊息和蘇北辰說一聲，過沒多久，手機震了震，我匆匆點開來，發現是馮英柏傳來的訊息。

馮英柏：下午要不要一起出去玩？

孫黛穎：我約了人，下次吧。

馮英柏：……眞的假的？妳在臺北還有朋友？

孫黛穎：關你屁事。

馮英柏：哈哈哈，好吧，那我下次會早點約妳的。

孫黛穎：滾。

回覆完馮英柏，我看見蘇北辰遠遠地走了過來，便連忙收起手機，跑出超商。

「蘇北辰！」我邊喊，邊跑到他面前。

他揚起脣角，拍拍我的頭，「怎麼跑得那麼急？又不是久別重逢。」

「對我來說的確是久別重逢，你不知道我這個星期過得有多辛苦。」

蘇北辰低低地笑了，「好吧，那我們先去吃早餐？」

我猛點頭，「我快餓扁了。」

蘇北辰有些驚訝，憂心地說：「那妳怎麼不先吃點東西？」

看到他為我擔心的神情，我不禁感到雀躍。

我裝可憐，「不是約好要一起吃早餐嗎？」

蘇北辰敲敲我的額頭，「妳可以先喝杯牛奶，或是吃個茶葉蛋都好。」

我嘿嘿一笑，「別說我了，你怎麼是和我約在學校這裡見面？你今天應該不用上課吧？」

「等一下要帶妳去玩，所以我先來學校把社團的事都處理完畢。」蘇北辰拉著我走進一旁的小巷子，湊在我耳邊說：「不要吃太多，中午帶妳去吃好料的。」

我下意識地屏住呼吸，過了一會，才敢喘氣。

奇怪，以前在家裡上課時，和他膝蓋碰膝蓋，我都沒什麼感覺，現在他不過就是湊到我耳邊說話，我卻差點連心臟都要停住了，這是被鬼上身嗎？

直到和蘇北辰一起到了餐廳，我仍回不了神，心不在焉地看著菜單。

蘇北辰見我半天沒反應，敲敲我的頭，「點菜啊。」

帳。

「喔……」我看了會兒，抬頭問他，「有什麼推薦的餐點嗎？」

蘇北辰指了幾樣給我看，我隨手畫了其中一道，又點了杯奶茶，他才拿著菜單去結

我托腮凝視著他的背影，陷入思緒裡。才過了幾天，那些和他在鄉下的回憶，彷彿已是上輩子的事。

前幾天氣象局發布豪雨特報，我看到新聞，想著要打電話提醒奶奶別去山裡，也要叮嚀她二樓的窗戶會漏水，記得拿布塞住，下一秒才突然想到，奶奶已經過世了。

我終究還是不習慣，不習慣生命裡，少了這麼重要的一個人。

「妳今天怎麼總是在走神？」蘇北辰說。

「沒什麼，只是看到你，就忽然想起在家鄉的日子。」我低低地說，「無論是在我爸家，或是在學校，所有人都跟奶奶沒有關係，如果不是因爲和你一起有過那段日子的回憶，我可能都要懷疑奶奶是不是我幻想出來的人物了。」

蘇北辰揉揉我的瀏海，「有這麼誇張？」

我笑了下，「你不懂。」

「我懂。」蘇北辰直直地看進我眼裡，「即便再也見不到奶奶了，她仍存在於我們的記憶中，看到我，至少還能證明奶奶是眞的曾與我們一起生活過。」

我內心有些感動，沒想到他願意這麼認眞地聽我說話。

「不說這個了，妳在學校應該沒有亂打人吧？」蘇北辰瞇起眼睛，「妳可是前科不良。」

他這麼一說，我頓時心虛了。

雖然不是我先動手的，但我也算是不小心推了別人一下。

「沒有啦！」我趕緊說，「我又不是沒腦袋的人。」

「是嗎？」蘇北辰一臉懷疑，「是誰第一次見到我，就把我打倒在地的？」

聽到他提起那段回憶，我開心地揚起微笑。

「那不是我的錯，是你太弱了。」我笑著辯解。

蘇北辰斜眼看我，剛好早餐上桌了，我立刻拿起筷子，先吃再說。

用完餐，蘇北辰帶我到他的學校裡逛逛。

明明是週六，還是有很多學生在校園裡走動。

「我去社辦拿點東西，等一下帶妳去附近看看，然後就出發。」蘇北辰微笑，「順便跟妳介紹一下我的學校，妳以後也考來這裡吧。」

我大驚，連連擺手，「不可能，我辦不到。」

「當我學妹有什麼不好，我覺得我學校滿不錯的，附近的生活機能也很發達。」蘇北辰笑咪咪的，看起來心情很好的樣子。

我扁嘴，「不是我不想來，是我根本就考不上。」

「我幫妳補習就考得上了，也沒多難考。」蘇北辰的眼裡盛滿笑意，「如何？」

我有些心動，一來，我很想常常見到他，但總不能每次都要他帶我到處玩，臺北再大，也有玩完的一天，二來，如果我在家的時間越短，影響到阿姨和依穎的時間就越少。

我點點頭，「好啊，那我什麼時候來找你上課？」

「應該是我去妳家幫妳上課才對。」蘇北辰有些疑惑，「不然妳想去哪裡？」

「就來你學校啊。」我脫口而出，「或許可以在你的社辦上課？」

蘇北辰想了想，「社辦大概不行，裡面總是人滿為患，不過找間空教室上課這主意還不錯。」

我嘿嘿笑了幾聲，有種目標順利達成的感覺。

「不過，孫黛穎，妳跟妳爸還是那麼僵持不下？」

我的笑容瞬間僵在臉上，別過頭，低低地說：「反正，只要我考上大學，就可以不住他那裡了。」

蘇北辰又問：「所以這一個星期發生了什麼？妳不習慣妳的新家人？」

「他們才不是我的家人。」我嘟囔，把依穎的事統統告訴了蘇北辰，賭氣地說：「我知道你聽完會想說什麼，你也不要勸我了，我不想聽。」

我明白這是一段磨合期，可是我就是不想聽蘇北辰這麼說，我希望他能摸摸我的頭，跟我站在同一邊，而不是義正詞嚴地說一堆大道理。

蘇北辰失笑，「我都還沒開口，也沒有要勸妳的打算，妳怎麼就知道我想說的話了？」

我訝異地看他，「你不是要勸我好好跟依穎還有阿姨相處？」

「妳沒有嗎？」蘇北辰拉著我在一旁的椅子坐下，「妳不是盡力扮演一個好姊姊的角色，也不再像過去一樣那麼衝動嗎？因爲希望跟他們好好相處，所以忍氣吞聲，把不該說的話都嚥了下去。」

聽到蘇北辰這麼說，我忽然覺得滿腹的委屈都被弭平了。

他懂我，他眞的都懂。

「走吧，熱死了，我們去社辦吹冷氣。」蘇北辰站起身，逆著光，居高臨下地看著我。

我朝他伸出手，蘇北辰想也沒想地把我拉起來，但下一秒，就立刻鬆開了手。

我看著自己的掌心，有些悵然若失。我眷戀手心被他緊握在手裡的感覺，像是被他保護著，再也不受風雨侵擾。

蘇北辰往前走了幾步，見我沒跟上，於是回頭問：「怎麼了？」

我搖搖頭，追了上去，「剛站起來頭有點暈。」

我扯了個謊，沒說出心裡眞正的想法。

「妳貧血嗎？」蘇北辰柔聲問。

我聳聳肩，「突然頭暈而已，女生都會這樣的。」

「還是去看一下醫生吧？」蘇北辰說。

我做了個鬼臉，拒絕他的提議，和他邊走邊聊，很快就來到了社辦。

一打開門，冷氣迎面而來，我舒了口氣，「好涼。」

「有妹子？」一名男子坐在椅子上，望向我們，「咦？難道是北極星帶來的人？嗚嗚，看來Apple要心碎了。」

蘇北辰領著我走進社辦，「不要亂說，她是我的家教學生。」

「搞學生？不道德啊。」他嘖嘖兩聲。

蘇北辰啞然失笑，從桌上隨手拿起枝筆扔過去，「克制點，人家才高中生。」

「靠，竟然是未成年，這犯法的！」

蘇北辰又氣又好笑地對我說：「妳現在知道爲什麼社辦不太方便了吧？」

我猛點頭。

那男子繼續說：「這裡人多，確實有很多事在這裡不方便做，但你們到底是什麼事不方便，把話說清楚啊，難道你們眞的要……」

他那眼神，眞是十足猥瑣。

蘇北辰一時沒忍住，從他頭上揍了下去，「上課啦，你想到哪裡去了，可以正經一點嗎？」

他喔了聲，朝我揚起燦爛的笑容，「妳好，我是系學會會長，叫我大師兄就好。」

大師兄？

我詫異地看著他，「爲什麼？你們練武嗎？」

「他特別神經病。」蘇北辰立刻接話，「堪稱本系系學會裡的頭號神經病，也是神經病系主任的首席弟子，所以叫大師兄。」

「嘖嘖，嫉妒是魔鬼。北極星，你不要總說我壞話，我知道你在眼紅我。」大師兄嘻嘻一笑，湊到我面前說：「我可是連續三年六學期都拿了書卷獎，連北極星都考不贏我，妳說叫我一聲大師兄也不爲過吧？」

我不可置信，「眞的假的？」

蘇北辰不太甘心地點點頭，「他過目不忘的本事，眞的極神。」

我第一次看到蘇北辰這麼挫敗的模樣，覺得非常新奇。

「不過你運氣不錯，Apple剛剛才離開，要是她看到你帶個小女生回來，肯定會崩潰。」大師兄笑了幾聲，然後對我說：「我還不知道妳叫什麼名字。」

我連忙自我介紹，話裡再次強調蘇北辰眞的是我的家教，並趁他不注意時問：「Apple是誰啊？」

「北極星的前女友。」

大師兄話音一落，社辦的門突然被拉了開來，「我回來拿……」那女生看到眼前的景象，口中的話遏然而止，睜大雙眼，視線在我和蘇北辰之間來回徘徊。

「說人人到，Apple，這是北極星的家教學生，孫黛穎。」大師兄自然而然地介紹，「我才剛說妳要是看到這女孩肯定會崩潰，沒想到妳就出現了。」

我無法理解地看著大師兄。這種話，不是應該迴避當事人嗎？現在怎麼全都說出來了？

「你才崩潰，你全家都崩潰！」Apple朝大師兄齜牙咧嘴，伸手拿走放在桌上的隨身碟，「分手就分手，他愛帶一百個女孩來社辦，弄得自己精盡人亡也不關我的事，我崩潰個屁！」

話說完，她立刻甩上門又走了。

大師兄聳聳肩，「瞧，崩潰了吧。」

蘇北辰只得苦笑，「你還眞是唯恐天下不亂。」

我望著被關上的門，儘管只是匆匆一瞥，但沒想到原來蘇北辰喜歡這一型的女孩。

Apple擁有一頭淡褐色的及肩頭髮，髮尾還帶著一點捲度，臉上畫了淡妝，打扮起來挺清秀漂亮的。

說到頭髮，我認眞思考了一下，留到及肩的長度，也不過只是幾個月的時間而已，若是蘇北辰喜歡這種髮型，就算爲了他把頭髮留到及腰，我也沒問題。

「黛穎，我們交換一下LINE吧？」大師兄湊了過來，「這樣下次我找不到北極星的話，就來問妳。」

我看了蘇北辰一眼，見他沒有要阻止的意思，便點點頭，拿出手機和大師兄互加了LINE。

「所以你們到底是來幹麼的？」大師兄心滿意足地坐回自己的位子上，蹺著腳問。

蘇北辰指著椅子上的包包，「來拿包包，誰知道會遇上你這個瘋子。」

大師兄很委屈地說：「我來的時候，你人都不在了，我哪裡招惹到你了？」

大師兄裝得可無辜了，我不禁笑出聲。

「連黛穎都笑了，你……」蘇北辰忽然收住了話，「算了，我不跟你多說了，反正Apple的事是你惹出來的，到時候她要是說什麼系學會有我沒她，有她沒我，你就自己看著辦。」

大師兄摸著下巴，做出一副沉思的樣子，很大聲地喃喃自語：「可是和她交往的又不是我，被她甩了的，也不是我，今天帶妹子來的，更不是我，怎麼會是我惹的禍呢？」

蘇北辰沒有回話，直接拉著我離開社辦。

我們安靜地走了一路，過沒多久，我再也忍不住地哈哈大笑。

「蘇北辰，我第一次看到你束手無策的樣子，太不可思議了。」

他無奈一笑，搖搖頭，「遇上神經病，誰會有辦法。」

「可是我覺得大師兄說得沒錯。」我看著他，笑嘻嘻的，「都是自作自受。」

蘇北辰伸手在我額頭上彈了一下，「妳幫他，還是幫我？」

我連忙舉起手，擺出投降的姿勢，「當然是幫你，即使全世界都說是你的錯，我也會站在你這邊。」

蘇北辰好像被我的話嚇了一跳，笑容僵在脣邊，幾秒後才問：「眞的？」

我怕他不信我，連忙用力點頭，「當然，除了你，我還有誰？」

「這麼堅定果斷地站在某人身邊，是什麼感覺？」

「什麼感覺……」我莫名其妙地看著他。

蘇北辰搖搖頭，「沒什麼，是我想太多了。」

我困惑地望著他。

蘇北辰揉揉我的頭髮，「走，我請妳喝飲料，謝謝妳無論如何都會站在我這邊。」

我笑著應了聲，心裡卻覺得有些失落。

我想要的才不是飲料。

我和蘇北辰約好，每週二四六去找他上課，這幾天，剛好是馮英柏要補習的日子，如此一來，一整個星期我都有事可做，不用早早回家。

「欸，孫黛穎，妳週末到底都是跟誰出去玩？上週末妳有事，這週末妳也有事，下週妳該不會也有事吧？」

午休時間，馮英柏和我拿著便當，躲到實驗教室吃午餐，才剛坐下來，他就追問我。

「我是有事沒錯。」我的脣角微微上揚，「不過我不是出去玩，我是去上課。」

「家教啊？」

「對啊。」我戳起便當裡的食物，「快點吃一吃，我等一下要回去當值日生，得整理便當盒回收。」

馮英柏哈哈大笑，「怕什麼，我幫妳。」

「不用。」我沒好氣地說，「你不幫我，我就沒事。」

「幹麼這麼說？」馮英柏很委屈地看我。

我做了個鬼臉，「因爲你的關係，現在班上都沒人要理我了，分組報告的時候我多尷尬。」

「妳可以和我一組。」馮英柏一臉理所當然，「我是全校第一耶，跟我一組有什麼不好？」

「現在大家都說我是因爲你成績好，才纏著你不放。」我重重地嘆了口氣，扒起一大口飯，放進嘴裡。

我的成績哪能和這些人比，我早就做好墊底的打算，反正在本來的學校，我的排名總不離倒數前三名，所以當平時小考排名出來的時候，我一點都不驚訝。

「妳不是有家教嗎？」馮英柏偏著頭，「爲什麼成績還會這麼差？」

我不高興地把臉轉到一邊，低聲說：「就算家教教得再好，也不能彌補我的智商……」

說出這話，等於是變相承認自己很笨，馮英柏聽見後，似乎也不知道該說些什麼才好，乾脆低頭吃飯。

我們兩人就這樣安靜了好一會兒，突然問，馮英柏用壯士斷腕的語氣說：「以後我不帶妳去玩了，我教妳功課。」

我愣了好幾秒，這人有毛病嗎？

「不用，我不需要這麼多家教，而且每天從早上八點一直上課到晚上，我都要吐了。」

我把吃完的便當盒蓋起來，起身對馮英柏說：「走吧，趕快回教室了，再不回去會整理不完。」

「好吧。」

馮英柏跟著我離開實驗教室，一路上他悶不吭聲，不知道在想些什麼，但我也懶得多問，我常常無法理解他的思考邏輯。

比如，他可以上一秒和老師嘻嘻哈哈，下一秒又立刻安靜下來做習題，情緒收放自如，我都不知道他是怎麼做到的。

又比如，他人緣極好，師長和同學都很喜歡他，這麼受歡迎的風雲人物，偏偏喜歡黏著我不放，就連放學後也常與我一起行動，明明他的朋友很多，卻不知爲何只想和我在一起，即便到了現在，我還是沒理出個所以然。

回到教室，我一推開門，被散落在地上的便當盒給震驚住了。

明明我離開前，有把回收的箱子放在講臺邊，也按照規矩鋪好垃圾袋，卻沒想到一回來所見到的，竟是這般情景。

四散的便當盒統統沒有洗過，裡頭的湯汁流了出來，把講臺四周弄得汙穢不堪。

另一名值日生早就不知道跑哪去了，我看著這情形，內心頓時燃起一股怒火。

我走到講臺上，看向那些裝作沒事的人，冷冷地掃了他們一眼。

「少在那邊裝無辜了，誰有訂便當，把單子拿出來看就一清二楚了，想欺負人也不要用這麼弱智的手段，除了把講臺弄髒之外，我還眞看不出有什麼地方值得讚許。」

我不屑一笑，哼了聲，「反正風水輪流轉，你們今天敢這樣搞我，就不要輪到你們當值日生，小心吃不完兜著走。」

話說完，我彎下腰收拾殘局。

「妳憑什麼說是我們弄的，妳說這種話，是想找全班的麻煩嗎？」

我轉過身面對他們，日光落向正在說話的人，把手上的便當盒扔到他身上去，油漬瞬間噴了出來，所有人都尖叫出聲。

「我就想找全班的麻煩！」我大吼，「整個講臺弄成這樣，是我願意的嗎？你們其他人看到那些人在作亂，卻不制止，難道也是我的錯嗎？這麼骯髒的場面，骯髒的班級，難道是我一個人造成的嗎？」

我瞪著所有人，有些人選擇迴避，有些人憤怒，有些人冷笑。

我才不在乎我的行爲之後會惹來多少麻煩，這種情況下要是不反抗，之後只會被欺壓到底。

「有種來單挑啊！看是要吵架還是打架，我都奉陪，你們這群膽小怕事只懂得念書的混蛋，只會使出這種卑鄙的小手段，跟小學生沒什麼兩樣！」

我又摔了一個便當盒出去，砸到了某個人身上。

有人趁亂趕緊跑出教室，八成是要去請老師過來處理，但我無所謂，我並沒有做錯任何事，沒什麼好害怕的。

大部分的人都退後了，但還有幾個人站在原地不走，看樣子是眞的要和我單挑。

「好了好了。」馮英柏走到我和那群人中間，手機鏡頭一一照到我們，「不論是打架還是吵架，既傷身又傷感情，逞一時之快對誰都沒好處吧？」

他笑了下，接著說：「黛穎說得對，名單拿出來看就知道是誰做的好事了，沒有人要承認，那就大家一起受罰挨罵，反正有這麼多人陪伴，也不寂寞。」

那幾個人的臉色明顯猶豫了，剛剛和我吵架的時候，他們的態度完全沒有任何轉圜的餘地，沒想到現在卻紛紛被馮英柏給說動了。

「你們這是在幹什麼!?」老林跑了進來，怒氣沖沖地說。

我小心翼翼地看了看老林，又看了看那些人，再看了看馮英柏。

馮英柏走上前，拍拍他的肩膀，「老林，你別生氣，小心高血壓。過程我都錄下來了，你先看看影片再說。」

老林沒計較馮英柏沒大沒小的稱呼，接過手機，觀看事發影像。

我看著一片狼藉的教室、躲在後頭的大家，以及滿手的油膩，整個人不發一語，直到現在，我才從怒火中回過神來，驚覺大事不妙。

我又把事情搞砸了。

剛剛還很硬氣，冷靜下來後，我發現自己不應該這麼做。

搞不好，他們其實是要找另一個值日生的麻煩，我怎麼就這麼衝動？如果老林去通知我爸的話，我該如何是好？

我用力吸了一大口氣，剛好老林把那一段影片看完了。

老林看著滿地瘡痍，嘆了一聲。

「馮英柏，你跟班長把全班帶到實驗教室，孫黛穎，妳把教室整理乾淨。」老林迅速下指令。

「知道了。」我應聲，認命地蹲下去整理便當盒。

雖然我沒抱什麼希望，但要是我能趕緊收拾好殘局，也許老林就不會去聯絡我家長。

我嘆了口長氣。

蘇北辰，你都勸誡我這麼多次了，我怎麼還是如此衝動？

爲什麼我就不能像馮英柏一樣，冷靜地想想該怎麼做，才是最好的解決辦法？

他們走了之後，教室安靜得只剩下冷氣運轉的聲音，我頓時感到委屈，趁著只有我一人的時候，任憑淚水恣意滴落。

反正教室裡沒人，一雙手又髒到不行，我索性連眼淚都不擦了，一邊哭，一邊收拾便當盒。

此時，門忽然被推開，我抬頭看著來人，趕緊把頭低下去，用手背抹掉臉上的淚珠。

他走了過來，蹲在我旁邊，「看我。」

「我不要。」

馮英柏伸手扳過我的肩膀，手上拿著衛生紙，輕輕替我擦臉。

他什麼話也沒說，就這樣把我的臉擦乾淨了，我看到他的眼裡映出我狼狽不堪的模樣。

接下來，他默默替我收拾起地上的便當盒。

「你怎麼回來了？」我有點尷尬，啞著嗓子打破沉默。

「不然妳一個人要收多久？」馮英柏的神情很認眞，聽到他的話，我有些感動。

「老林不生氣嗎？」我擤了擤鼻子。

「氣炸了，還說要打電話給家長。」

我一驚，這下完蛋了……

「不過人數太多，老林後來想想也就算了。」馮英柏動作很快，三兩下就把便當盒都疊起來，「趕快收一收吧，等一下老林會找妳去談話。」

「你爲什麼知道得這麼清楚？」

「兩邊各打五十大板，再給顆糖吃，是他一貫的作風。」馮英柏起身，捧起那一疊便當盒，「我拿去外面洗，妳把地板擦乾淨，擦不起來的油垢，先用菜瓜布沾洗碗精試試看，如果還是不行，櫃子裡有酒精可以用。」

我喔了聲，跟著他去洗手臺洗手，順便洗把臉。

「我第一次見到女孩子說要和其他人單挑。」馮英柏不可置信地說，「妳到底是憑什麼覺得妳會贏？妳知道自己做錯了嗎？」

「關你什麼事！」我惱羞成怒，「我可是曾經把一個大男人打倒在地上過。」

馮英柏安靜了幾秒，「妳說眞的？」

「眞的啦！」我別過臉，「又不是我的錯，你幹麼罵我？」

「就是妳的錯，那麼多人，想也知道是有人煽動的，其他人多半都是看好戲而已，想要整妳的人也只有那一個，妳犯得著把全班都得罪嗎？」

我抿緊脣，「被找麻煩的又不是你，你當然可以說風涼話。」

「少在那邊沒良心了，雖然不是我被找麻煩，但我最後還不是來幫妳善後。」馮英柏瞪我一眼，「妳敢說什麼『又不是我叫你收的』試試看！」

我瞪了回去，雖然沒說話，卻用眼神向他無聲控訴。

「若是妳腦袋還沒想清楚，就再洗把臉冷靜冷靜。」馮英柏理都不理我，繼續洗便當盒。

「你幹麼凶我！你這人簡直不可理喻！」

「因爲我怕你們要是眞的打起來，我保護不了妳！」馮英柏氣得把手中的便當盒摔在洗手臺裡，泡泡飛濺到我臉上，他衝著我吼：「對，妳最厲害妳最強，妳可以打倒一個男人，如果來五個人？十個人呢？妳惹毛了全班，接下來妳的日子要怎麼過？再轉一次學？」

我怒氣也上來了，「爲什麼要檢討被害人！你莫名其妙，你全家都莫名其妙！就算我再轉一次學，也不關你的事，什麼爛學校！」

「憑什麼不關我的事，妳的事就是我的事！」

「關你屁事，你誰啊？你憑什麼管我罵我！」

「憑我喜歡妳！」

我愣愣地看著他，整個走廊上的人都在看著他。

「聽清楚了嗎？我喜歡妳！妳敢轉學試試看。」馮英柏咬牙切齒地說。

我不知道該回應什麼，目光慌張地四處亂飄。

我所有脾氣與委屈，像是被人淋上一盆冷水，滋的一聲，冒出一縷黑煙，然後熄滅了。

「爲、爲什麼……」

「什麼爲什麼？」

「你、我是說，你是全校第一耶，你、我憑什麼……」我無措到連話都說得顛三倒四。

「關妳屁事，我喜歡我的，又沒叫妳也喜歡我。」他用力旋上水龍頭。看來馮英柏的脾氣比我還大，到現在都還沒消氣。

心慌意亂之下，我倉皇地跑回教室，擦著地上的油漬，試圖轉移注意力。

即便如此，我還是滿腦子在想他爲什麼會突然向我告白，明明我們才認識不到一個月……

「剛剛那句話妳就當作沒聽見。」馮英柏蹲在我身邊，拿起菜瓜布開始刷地。

我怎麼可能裝作沒聽見，況且整個二年級的人都聽到了吧？

到現在，我仍無法平靜下來。

和這個震撼彈一比，方才發生的事根本算不上什麼了。

我胡思亂想的同時，老林的聲音忽然傳了進來，「孫黛穎，妳等等到導師辦公室來。」

班上其他人陸陸續續回來了，他們看我的眼神，有些冷漠，有些疏離，但大多數都是帶著點不可置信，一如馮英柏剛剛的表情。

我走到導師辦公室，敲了敲門，老林見我來了，便帶著我到心理諮商中心。

「這裡比較好談話。」

老林跟我說完，轉頭和那裡的老師打聲招呼，就走進其中一間隔間裡，我也跟著走了進去。

結束了半個小時的談話，我覺得疲憊不堪，低下頭打了個呵欠。

「這次我先不通知妳家長，如果往後還發生這種事，一定……」

我猛點頭，「謝謝老師。」

老林揉了揉額角，「雖然妳的個性本來就是如此，但有時候，先釋出善意才能減少衝突的發生。」

聽到這些話，我只想大笑。

你們倒是很會說一些風涼話，我才不信如果真的遇到這種事，你們還能保持冷靜，跟那些人溫良恭儉。

「謝謝老師。」最後，我只能吐出這麼一句話。

「好了，回教室準備上課吧。」老林嘆了口氣。

我微微鞠躬，離開了這裡。

平心而論，老林真的是個很好的老師，只是我沒辦法按照他的期待去回應那些人。

回到教室，那些髒亂已經被收拾乾淨了，大部分的人都趴在桌上午睡。

我悄悄回到座位上，發現桌上多了一杯咖啡，杯子下面壓著一張紙條。

咖啡我買的，妳沒午睡，喝了下午才不會想睡覺。

那字跡，我認得，是馮英柏寫的。

看著那張紙條，我只覺得心緒更加紊亂。

最後一節輔導課上課之前，班長站在講臺上說：「放學後大家先留下來，有幾件事要討論。」

換作是平常，臺下多半會傳來抗議的聲音，但今天因爲中午發生了那件事，大家多少也知道班長要談的是什麼，所以都默不作聲，算是同意了。

上完課，老師前腳一走，班長後腳就上臺了。

他環視底下所有人，「今天中午的事情，我只說一句：大腦是個好東西，每個人都應該要有一個。」

馮英柏立刻笑出聲，「班長你別這樣，大家只是偶爾沒帶來學校上課。」

我一愣，看到班長惡狠狠地瞪向馮英柏。

我不懂馮英柏爲什麼要說這句話，他是不是打算就這樣把這件事給揭過去了？如果之後還有人要找我麻煩，就是自認沒腦子？

可是，哪有這麼輕鬆就能解決的事情？

我幾乎是不敢相信地看著一派輕鬆的馮英柏，也不敢相信因爲他的話，班上氣氛都活絡了起來。

「第一次知道女生也能這麼悍！」

「靠，我那瞬間都能看見她背上燃起熊熊火光了。」

「這已經不是腦子不腦子的問題了，而是戰鬥力的問題，她的攻擊是無視裝備，直接對人體造成傷害的，誰惹她誰倒楣！」

馮英柏湊到我耳邊，低聲說：「去，跟大家道歉。」

我瞠目結舌。難道這些都是他的計畫？

「快去！」馮英柏臉色很正經，見我一動不動，他乾脆起身，把我拉起來，又推了我一把。

我踉踉蹌蹌地往前跌了幾步，大家瞬間安靜下來，班長讓出了位置給我，我這時候要是退縮，就白費了馮英柏的苦心。

雖然我有點不甘心，但一想到馮英柏，也只能咬牙上臺。

「那個……中午是我不好，我太衝動了，一不小心就把大家一起罵了，我向你們道歉，請你們不要計較。」我吞吞吐吐地把話說完，臺下一片靜默。

「原諒妳了！」馮英柏突然喊。

大家又笑了。

「你憑什麼啊。」

「你別以爲我們不知道你喜歡人家。」

「關你屁事啊！」

我趁著大家把砲火都轉移到馮英柏身上的時候，溜回座位，馮英柏起身，朝大家微微鞠躬揮手，儼然一副當選總統的樣子，「謝謝大家，謝謝大家！」

嘻笑聲中，大家瘋了似地拿起手邊的垃圾和紙團扔向他。

「滾！」

「白痴喔。」

「又不是原諒你！」

我總算明白，原來這一場戲是馮英柏和班長串通好的，他這麼做，只是不想讓我以後在班上的日子不好過。

他說謝謝大家，確實是沒錯的。

大家都是看在馮英柏的面子上才原諒我，並不是真的在乎我是不是被欺壓，也不是真的害怕我的氣勢，更不是因爲老林威脅說要打電話給家長的緣故，而是看在馮英柏這麼費盡心思把梯子都架好的分上，大家也就稱了他的意，順勢走下臺而已。

本來，我和這些人也沒有過節，眞要說有什麼，那我也要負一半的責任。

「好了好了。」班長又走上臺，「還有件大事。」

等大家都安靜下來後，班長繼續說：「快要校慶了，過幾天開班會，我們要決定班上販賣的東西，老林希望你們都先回去想一想，看看我們班適合賣些什麼，班會那天討論起來，速度才會快一點。以上，散會。」

一說起校慶，每個人都很興奮，立刻嘰嘰喳喳地討論起來。

馮英柏敲敲我的桌子，「晚上一起去請班長吃飯。」

「剛剛這些，真的都是你計畫好的？」我還是想確認一下。

馮英柏瞪了我一眼，「噓，等等吃飯再說。」

我喔了一聲，收拾書包，跟著馮英柏在吵鬧的人群中離開教室。

一走出教室，班長已經在走廊上等候了。

他看了我一眼，似笑非笑，「戰神。」

我臉上熱辣辣的，主要是因爲這暱稱實在太嘲諷了，我也不知道該說些什麼。

馮英柏似乎早就選好了餐廳，我跟在他們後面，像個小跟班一樣，最後我們走進一間牛排館裡。

他們找了個位子坐下，馮英柏與班長分別坐在桌子的兩邊，我和馮英柏比較熟，於是選擇坐在他旁邊的空位。

才剛入座，班長就說話了。

「你們倆是怎麼回事？」

我也想問我和馮英柏是怎麼回事，但又不能問。

這件事情太奇怪了，答案就這麼明晃晃地擺在我眼前，可我就是百思不得其解。

怎麼會呢？他怎麼會喜歡上我？還幫我謀畫了這一場戲？

我這是何德何能？

馮英柏沒回答班長的問題，只是笑了笑，「剛剛謝謝你啊！」

「那倒還好，我也不想看到班上氣氛這麼糟。」班長拿起桌上的杯子喝了口水，對我說：「倒是妳，大腦是個好東西，希望妳要常常使用它。」

我知道班長說的是我中午太衝動的事，於是低下頭，摸摸鼻子，「我不是道歉了嗎？」

班長沒好氣，「我們班上的人個性都不錯，所以才沒跟妳計較，但妳以爲這招還能用幾次？妳當所有人都沒脾氣嗎？雖然剛剛大家都看在馮英柏的分上，才一笑置之，但妳根本不知道有多少人記恨在心裡。」

「好了好了，對不起嘛。」我雙手合十，「以後一定不會再這麼衝動了。」

馮英柏在旁邊笑了起來，「班長面子比我還大，我中午勸她的時候，她還罵了我一頓。」

「妳竟然連馮英柏都罵，到底有沒有良心？」班長瞪了我一眼，搖搖頭，「算了，反正也不是罵我，我無所謂。」

我討好地往他們倆的杯子裡加水，「我有個小問題，你們怎麼知道這麼做，班上同學就會原諒我？」

「別問我。」班長聳聳肩，「馮英柏要我一上臺就講那句話，我想想這句話說得很有道理，就答應了。」

我連忙轉頭看向馮英柏，「那你是怎麼知道的？教我。」

馮英柏朝我露出燦爛的笑容，過了幾秒鐘，才說：「不要。」

吃完晚餐，送走班長，剩下我和馮英柏的時候，氣氛忽然有些尷尬。

到頭來，該面對的事還是得要面對。

我們沉默地走到捷運站，通常我和他會在這裡分道揚鑣，但今天不知道爲什麼，馮英柏跟著我進了捷運站。

「你幹麼？」

「我還以爲妳這輩子都不打算跟我說話了。」馮英柏淡淡地說。

我乾笑幾聲，「那也不至於，我們可是同班同學耶。」

「那妳打算什麼時候和我聊聊？」

「聊什麼？」

「聊我喜歡妳的這件事。」

他這麼直白地說出來，我有些不知所措，「不、不是你、要我當作沒聽見的嗎？」

他目光灼灼，「但很顯然妳辦不到。」

我抽了下嘴角，低低地說：「鬼才辦得到……」

「那我們只能好好聊聊了。」馮英柏沒打算讓我迴避掉這個問題，接著又問：「所以妳是怎麼看待這件事的？」

「哪、哪有什麼想法，我不知道。」我急忙撇清，好像這麼做，就能假裝這件事與我無關。

幾秒之後，馮英柏說：「妳不喜歡我。」

他用的不是疑問句，而是一種很肯定的口氣。

我怕傷了他的心，趕緊開口澄清，「不是你的問題，是我有喜歡的人了。」

馮英柏想了一會，「該不會是妳的家教？」

我倒抽一口氣，「你怎麼知道？」

我從來沒和他聊過蘇北辰，也沒和他說過在家鄉那段慌亂的日子，是蘇北辰陪我一起度過的。

「本來只是亂猜，沒想到眞的猜中了。」馮英柏的表情平靜無波，「那我知道了。」

「知道什麼？」我連忙追問。

「不告訴妳。」

馮英柏往前走，我亦步亦趨地緊追在後。

「明明跟我有關，你爲什麼不告訴我？」

馮英柏走進排隊的人龍裡，「妳確定要在這個地方討論這種問題？」

此時捷運的人潮正多，我默默閉上了嘴。才安靜沒幾秒，我忽然想起中午的事情，被馮英柏這麼一攪局，我都忘了要追問始作俑者是誰。

「當然是周筱秋啊。」馮英柏理所當然地說，「有些人就是這樣，妳放過她，她總覺得妳是不是暗地裡還要害她，所以就忍不住想先下手爲強，先把妳鬥倒，這樣自己就能安身立命了。」

捷運正好進站，我們陸續上車，車廂內人擠人的，我和馮英柏站在車廂與車廂間的連結處。

我似懂非懂，又問：「可是把我鬥倒有什麼好處？」

馮英柏笑了起來，「妳眞的完全沒搞懂，是不是？」

我不明所以地看著他，「難道她把我鬥倒，你就會喜歡她了嗎？」

我不知道這話是哪裡戳中了馮英柏的笑點，他旁若無人地哈哈大笑，引來許多人側目，我連忙用手肘撞他，想提醒他克制一點。

突然間，列車晃了一下，我失去平衡，整個人差點要摔倒時，馮英柏連忙伸手一攬，把我抓回他的懷裡。

我手掌抵在他的胸前，怔怔地抬起頭看著他。

他倏地收緊手臂，緊到我一動都不能動。

「你幹麼！」我咬牙，低聲警告他，「快放開我。」

馮英柏笑嘻嘻地鬆開了手，「妳齜牙咧嘴的模樣，好像我家外面的流浪貓。」

我哭笑不得地瞪著他，「你這是什麼意思啊！」

「沒什麼意思。」他收起唇邊的笑意，神情認真，「我只是想說，妳很可愛，比我見過的所有人都還要可愛。」

什麼跟什麼……

我尷尬得不知所措，聽到他的讚美，我當然是很開心的，可是……

可是，我不喜歡他。

如果不喜歡他，就不應該給他希望。

一路上我都保持沉默，直到離開捷運站，我猶豫了一會，最後決定把話說清楚。

我停住腳步，站在路燈下看著他。

「馮英柏，我不喜歡你。」

他點點頭，一臉平靜，絲毫不意外，「我知道，妳喜歡妳的家教。」

我傻了好幾秒，才又問：「那你還喜歡我嗎？」

他一笑，「嗯。妳現在不喜歡我也不要緊，只要妳不討厭我就好。」

我有些懊惱，「你這樣子，我會不知道該怎麼和你相處。」

「就跟之前一樣。」馮英柏毫不遲疑地回答我，他像是看透了我的心思，每一句我說的話，他都能從容以對。

我氣得跺腳，「怎麼可能跟以前一樣？」

「那妳就好好接受我喜歡妳的這件事，不用回應我也沒關係。」他伸手拍了拍我的頭，「我對妳好，是心甘情願的，不用覺得對不起我。」

昏黃的燈光灑落在馮英柏身上，，此時他笑著說這話的口氣與樣子，不知怎地，讓我想到了蘇北辰。

儘管話語是多麼動聽，他終究不是我心裡喜歡的那個人。

「我不理你了！」我邁開步伐，打算把他甩在身後。

「孫黛穎，我喜歡妳！妳聽到了嗎？」

神經病！神經病！

下午還要我當作沒聽見，現在這句話卻成了他的口頭禪，一直掛在嘴邊，難道資優生都是這麼不可理喻嗎？

我加快腳步，一路跑回家，氣喘吁吁地拿出鑰匙，開了門，竟意外地看見全家人都坐在客廳的沙發上。

我爸靜靜地看著電視，依穎低垂著頭沉默不語，阿姨坐在一旁，雙眉緊蹙，我發現氣氛有些不對勁，站在門邊不知如何是好時，便看到我爸朝我招招手，示意我過去。

「最近怎麼都這麼晚回來？」我爸問。

我看了眼時鐘，十點多了，確實有點晚。

「今天學校有點事。」我走上前，嚥了口口水。

老林答應我不會聯絡家長，該不會最後還是打了電話吧？

客廳安靜得不得了，只聽到電視裡傳來聒噪的說話聲。

阿姨拿起遙控器關上電視，一陣靜默中，我爸又開口了。

「下次早點回來，妳是姊姊，要當好榜樣。」

我愣愣地看向他，「發生了什麼事？」

「依穎今天下課沒有直接回家練琴，她說妳都可以這麼晚才回家，爲什麼她不行？」我爸口氣平和地轉述，聽不出任何情緒。

阿姨接著說：「她馬上就要考音樂班了，老師說再這樣下去她很可能會考不上，拜託妳……妳……」

阿姨只說了一半，便不再作聲。

我看著依穎，她的眼裡帶著點畏縮與試探，像是野貓一樣。

「我之所以會這麼晚回家，是因爲我每週二四六要去補習，一三五會到圖書館念書。」我忍住怒氣，盡量平靜地陳述，儘管這行程是騙人的，「依穎不想練琴，也許有別的原因，你們應該問她，這不是我的錯。」

依穎很驚慌地嚷了起來，「我沒有不想練琴！姊姊騙人！」

「我騙人有拿到什麼好處嗎？」我壓抑著脾氣，冷聲問。

我爸看了依穎一眼，目光又轉向阿姨，最後對我說：「妳先去洗澡休息吧。」

我不想管這一家人的事，所以點點頭，背著書包走進房間裡。

坐在床上，我忽然覺得好累。
這一整天，怎麼可以發生這麼多事？
我好想回到故鄉，回到那個夏天會有螢火蟲的地方。

第四章　我不能喜歡妳

這世上有沒有一種可能，是我把他視為朋友，他也只把我當朋友的可能。

我洗好澡，走回房間時，聽到客廳傳來微弱的談話聲，此時依穎房間的門縫透出點光亮，我想應該只剩我爸跟阿姨還在客廳。

我坐在床邊擦著頭髮，直到現在才有心情去細想剛才的事。

我可以理解依穎爲什麼把我拖下水，但我是不可能幫她背黑鍋的。依穎的個性，我很不喜歡。

如果讓她認爲我是個很好欺負的人，這類的事只會層出不窮，她並不是那種得一分好處，會心存感激的個性，反而是對她退讓一分的話，她就有可能得寸進尺。

但她還是小孩子，大人只會覺得她很可愛，不會覺得她這麼做有什麼不好。而且這話我說了，阿姨和我爸未必會相信，所以我只能壓在心裡。

我嘆了口氣，躺在床上閉起雙眼。要是我像馮英柏一樣聰明就好了，他總想得到一堆點子來解決各種事情。

手機忽然震了，我懶懶地坐起身，拿起來一看，是蘇北辰。

「喂?蘇北辰?」

「是我，妳睡了嗎?」他在電話那頭柔聲問。

「還沒，我剛洗好澡，才正要開始寫功課。」

「那，妳想吃宵夜嗎?」蘇北辰的聲音帶著一點笑意，「我在妳家樓下。」

我跳起來，推開窗，看到他站在底下朝我揮手。

「我要。」我握著手機，「我馬上下去。」

「不急。妳慢慢來，我會等妳的。」他淺淺一笑。

「好，你在那裡等我，我馬上過去。」

我換了套衣服，興沖沖地跑到客廳。

我爸和阿姨都用一種疑惑的眼神看我。

「蘇北辰拿宵夜給我，他人已經在樓下了，我馬上回來。」我匆匆穿上鞋，內心打定主意，即便他們可能會阻止我，我仍要去見蘇北辰一面。

聽到我的話，阿姨立刻皺起眉頭，我爸只是擺擺手，叮嚀我，「別去太久，現在很晚了。」

我揚起微笑，「謝謝。」

話音一落，我幾乎是飛奔而去，當下也沒多想，自己爲什麼要道謝。

出了大樓，我發現蘇北辰站在不遠處的路燈下，趕緊邁開步伐朝他奔去。

他浸沐在昏黃的燈光中，神情柔和地望向夜空，看上去像是一幅畫。想當初我第一次看見他的時候，也是這般情景，儘管當時的他渾身狼狽，但回想起那段過往，仍美好得令我念念不忘。

大概是我的腳步聲太大了，還沒跑到他身邊，他已經回過頭來看著我，對我微微一笑。

今天發生這麼多事情，一見到他的笑容，我忽然覺得一切都無所謂了。

至少，我還有他。

「跑這麼急幹麼？」蘇北辰拍拍我的頭，揚了揚手上的塑膠袋，「剛好來這附近，所以順路來看看妳。」

「這個世界太艱難，只有待在你身邊，我才能安心。」我半真半假地這麼說。

蘇北辰收起了笑，「妳今天怎麼了？」

「我們走走吧。」我拉著他，沿著人行道散步。

「發生了什麼事？」蘇北辰追問。

我猶豫一會兒，只將依穎的事告訴他，如果說了學校的事，勢必會牽扯到馮英柏，我擔心蘇北辰會誤會什麼，於是乾脆閉口不談。

光是依穎的事就足夠我們討論的了，我和蘇北辰聊得很多，聊得很久。

回到大樓門口前，蘇北辰看了一下手錶，「現在時間也晚了，妳快回去吧，否則妳爸跟妳阿姨又要說話了。」

我噘起嘴，有些不開心，「以前住在鄉下的時候，我從來都不用煩惱這些問題。」

蘇北辰揉揉我的頭髮，把宵夜塞到我手上，「那換個方向想，我再不走，就要沒有捷運可搭了。」

我依依不捨地說：「好吧，那你快回家。」

蘇北辰推推我，「我看著妳進去，才能放心地離開。」

儘管再怎麼捨不得與他分別，我還是連忙走進大樓中庭，朝他擺手，要他快走。

蘇北辰揮揮手，隨即匆匆離去。

看著他的背影逐漸遠去，我坐在花圃邊，仰頭望著天空，不是很想立刻回到家中。

蘇北辰一直覺得我對他所懷抱的情感，只不過是一種依戀，可是他一點都不懂，我喜歡他，是男女之間的那種喜歡。

或許一開始確實是跟他說的一樣，只是依戀而已，但這份情感演變到後來，昇華成了愛戀，我很清楚明白自己想要的是什麼。

胡思亂想了幾分鐘，最後我還是只能認命回家。

走進家門時，阿姨已經不在客廳了，只剩我爸還在等我。

他看向我的目光若有所思。

我默默從塑膠袋裡拿出蘇北辰給我的宵夜，是一袋燒烤和一小杯飲料。

「蘇北辰是妳男朋友嗎？」我爸突然說。

我愣了好幾秒，連忙搖頭，「不是。」

「那他喜歡妳？」

我想了想，「我不知道。」

「既然如此，就不要隨便接受別人的好意。」我爸皺起眉頭。

看著這樣的他，我感到陌生不已。

明明知道他是我爸，可是聽到這句話的時候，我只覺得他沒有資格管教我，以前對我不聞不問，現在才想這麼做，早就為時已晚。

當下我只想出言反駁他，然而想起今天班上被我鬧得雞飛狗跳的事，班長的話倏地浮現在我腦海裡。

他說得對，我不該這麼衝動，應該多用腦子想想。

最後我只是這麼說：「可是我喜歡蘇北辰。」

我爸似乎沒想到我會如此直接地對他坦白，臉上的表情顯然嚇得不輕。

我喝了一口飲料，又咬了一口燒烤，思索一會，決定說出內心的想法，「爸，我十七歲，是高中生，依穎十一歲，是小學生，我不知道能不能成為她的榜樣，但是我知道我不會為了她改變自己的生活。」

我深吸一口氣，「如果我的存在讓你們感到困擾，等我考上大學，我就會搬出去住，你們不用忍耐太久，頂多再兩年而已。」

我會這麼做，只是想早點將這件事說開，省得我爸和阿姨看到我總是尷尬萬分，也省得依穎再拿我當擋箭牌。

✦

第一次段考後的星期六，是舉辦校慶的日子，兩件校內大事同時一起進行，日子頓時忙碌了起來。

大家決定好校慶上要賣花後，便很快與校外的花店談好合作，請他們包裝好花束運來學校，我們負責販賣，基本上都是出售單支鮮花為主，但因為我們提早發出傳單，所以有很多男生預訂了一整束花要送給女朋友。

雖然營收要與花店分帳，但整體而言，這個生意還是挺賺的。

我之所以知道得這麼清楚，是因為主導這件事的人就是馮英柏，我被他逼著處理各種雜務，從印傳單、發傳單到收訂單，都是我負責的。

以至於每天放學後，我們得花半個小時以上的時間去準備這些事。

「你到底發什麼瘋，幹麼主動跳出來做這件事？」我抱怨，「明天就要段考了，我書都還沒念完，現在居然還在這裡弄訂單。」

馮英柏笑咪咪的，似乎心情很好，「第一次段考都考得很簡單，隨便念念就好，妳哪裡不會我教妳。」

我把整理好的資料放到他桌上，撇了撇嘴，沒有搭理他。

託他的福，現在班上同學都對我挺友善的，畢竟這次校慶我和馮英柏一手包辦了最麻煩的部分，從與商家聯絡，一直到收錢、整理帳款，全是由我們負責，目前事前準備都處理得差不多了，只剩下校慶當天的販售活動，與一些零碎的瑣事而已，也因爲我們自告奮勇做了這麼多事，所以那天我們兩人是全班唯二不用排班的人員。

我整理好凌亂的桌面，收拾起書包，打算趕緊去讀書。

我想用成績證明我的努力，讓蘇北辰知道，我有在認眞念書，雖然要考上他的學校可能還有點困難，但只要持之以恆，我相信自己會越來越進步，也會離他越來越近。

「妳不要我教啊？還是我明天考卷借妳看？」馮英柏笑嘻嘻地說，「走吧，先去吃飯，等一下再一起去讀書。」

我瞪了他一眼，但還是默默跟著他走了出去。

幾次下來，我發現與馮英柏一起念書挺不錯的，幾乎沒有他不會的題目，雖然一開始我很不習慣，好像我利用了他，但馮英柏只用了三言兩語就打發我的疑慮，所以我們的讀書行程就這麼持續著。

仔細想想，我懷疑這世界上根本沒有馮英柏辦不到的事。

他可以輕易讓班上同學都原諒我，也可以很快就讓我融入班上的團體活動裡，而且一點都不顯得刻意，他好像天生就知道要怎麼樣讓別人喜歡他。

「喂，馮英柏。」我喊他，馮英柏回過頭來，我繼續說下去，「你有沒有被別人討厭或不喜歡過？」

「有啊。」他答得很順，「妳啊，妳不就不喜歡我。」

我翻了個白眼，「不是那種不喜歡啦。」

馮英柏聳聳肩，走下樓梯，「應該有吧，怎麼可能讓所有人都喜歡自己，只是我不在乎別人是怎麼想的。」

「那你在乎什麼？」

「我在乎的是，我喜歡的人喜不喜歡我。」

他說這句話的時候，眼睛直直地看著我，像是在問我：所以妳現在喜歡我了嗎？

我別開眼，轉而看向遠方的夕陽。

他輕輕帶過了話題，「妳想吃什麼？」

「隨便吧，能吃飽就好。」我隨口說，呼了一口長氣，「我還有好幾題數學搞不懂，等一下你教我。」

「好啊。」他笑了下，「妳的家教難道沒教妳嗎？」

這話聽在我耳裡有些酸溜溜的，可是看他的表情如此自然，或許是我想太多了。

「我的程度不好，光是追趕以前的進度就花掉太多時間了，現在的部分只能教多少算多少，他說有些題目太難，不會也就算了。」我轉述蘇北辰的話。

馮英柏點點頭，「確實，他講得很有道理，不過基礎題一定要搞懂，這樣起碼會有基本分。」

我笑了起來，「你跟他說的一樣。」

馮英柏聳聳肩，「這本來就是讀書的道理，由淺入深嘛。」

「好吧，反正你們都很會讀書，就我不會。」

馮英柏哈哈大笑，伸手勾住我的脖子，「怕什麼，妳還有我，要是眞的教不會妳，我還能把考卷給妳看，妳的家教又沒辦法幫妳作弊。」

我又氣又好笑地拍了他一下，「整天只想著幫我作弊，你的道德感跑哪去了？」

「拜託，別人想看，我還不想讓他們看呢。」馮英柏抗議，「我都是爲了妳。」

我擺手，「我覺得你只是想跟我炫耀你的程度很好而已。」

我們就這樣邊走邊鬧。

其實我可以感覺到馮英柏總是有意無意地與蘇北辰競爭，卻也拿他沒轍。

無計可施的情況之下，我只能由得他去，如果這樣可以讓他好過一點的話，可能也是個方法吧？

其實，我不是很確定。

✦

校慶當天，我和馮英柏一早就到了學校，等花店搬貨進來，幸好天氣已經沒有這麼熱了，否則花都還沒賣完，就先被晒乾了。

我們兩人忙進忙出，陸續把花搬到班上，直到校慶開始，才終於鬆了一口氣。

等花都擺好，基本上就沒我們的事了，馮英柏跟花店結清帳款後，便拉著我要去逛校慶。

「等等，我打個電話。」我掙脫他的手。

「妳要打給誰？」他挑眉。

我沒回答他的問題，逕自走到一旁去。

今天我找了蘇北辰過來，想和他一起逛逛，當時提出邀約後，他馬上就答應了我，還說要介紹他弟給我認識。

電話響了幾聲，才總算被接起。

「喂。」蘇北辰的聲音低沉沙啞，似乎是被我的來電給吵醒。

「你還在睡嗎？」

「嗯……幾點了？」

「八點，你什麼時候要過來？」我興致勃勃地問，「中午好不好？我想和你一起吃午餐。」

蘇北辰那頭沉默許久，我以爲他又睡著了，喊了他好幾聲後，才聽到他迷迷糊糊地說聲好。

他儼然一副沒打算醒過來的樣子，我也沒什麼勁繼續說下去，於是掛了電話。

馮英柏見我收起手機，走了過來，「怎麼樣，妳的家教要來了嗎？」

我剛剛在蘇北辰那裡吃了個不重不輕的軟釘子，雖然知道他是在睡覺，所以沒仔細聽我講話，但我還是有種沒被他放在心上的感覺，此時聽見馮英柏這麼問，火氣瞬間就上來了。

「我怎麼知道！」

馮英柏愣了一下，然後綻開笑靨，拍拍我的肩膀，「看樣子他現在不會出現，那正好，我們趁人少的時候先去逛逛，等等要是妳家教來了，妳不就剛好可以帶他四處玩玩？」

我有些沮喪地點點頭，同意了馮英柏的提議。

我們逛了一圈，把所有攤子都玩過一輪，把所有能吃的東西都吃下肚，腆著大肚子回到班上攤位時，不過才十點半左右，雖然我們班的攤位前已經有幾個客人，但人還不算太多。

不得不說，食物果真是極好的療傷聖品，本來我還有些憂鬱，吃了一圈下來，我半點難過的情緒都沒有了，只剩下肚子發脹的難受感。

我走到一旁的涼亭坐下來歇息，倚著亭柱，半瞇起雙眼，整個人昏昏欲睡。

馮英柏剛剛接了通電話，就回班上去處理事情，留我一個人在這裡。

隨著時間過去，校園裡的人潮逐漸變多，耳邊雖然人聲鼎沸，我卻覺得內心平靜無比。

突然間，音樂聲不知從哪處傳了過來，掩蓋了一片吵雜，我好奇地睜開眼四處張望，看到我們班的人都跑到涼亭周圍，把我團團圍在中間，不遠處，馮英柏抱著三大束花緩緩走向我。

我心裡有股不妙的預感，很想轉身就跑，但是四周圍著這麼多人，我連退一步都沒辦法。

他站在我面前，揚起燦爛的笑容，把玫瑰花束遞給我。

「十一朵玫瑰，是我只在乎妳。」

我顫抖地接下了他的花，很想叫他不要這麼做，可是我開不了口，在這個當下，我眞的什麼話都說不出來。

他依舊笑著遞給我向日葵花束，「向日葵，是我眼裡只有妳。」

我尷尬不已，當下只想逃跑，可是我不得不接過他的花束，因爲有這麼多人在圍觀，如果我不收下，我不知道他怎麼樣才下得了臺階，我也不想讓場面太過難堪。

看著我收下一束束的花，馮英柏的眼睛越來越亮，像是心願終於達成般，「最後一束是百合花，我希望妳心想事成。」

可是你知道我現在最大的願望，就是你從來沒做過這件事嗎？

周圍的人不斷歡呼，大家又叫又笑，好像參與了什麼重大事件一樣。

音樂是那麼歡樂，笑聲是那麼清晰，但這一切都讓我覺得格外抽離，我無法投入到這場喜劇裡，也回應不了這樣的用心對待，甚至不能說我不要。

馮英柏還站在我面前，脣邊銜著一抹笑意，眼裡盈滿溫柔。

「妳喜歡嗎？」

我不喜歡。

我看著他好幾秒，很勉強地笑了下，「我去一下洗手間。」

抱著三束花，最後我還是只能使出最爛的尿遁。

我踏著幾乎是落荒而逃的步伐離去，不敢回頭看向眾人的歡欣鼓舞。

我沒有感到一絲絲的喜悅，只覺得我根本不應該在這裡。

躲進洗手間裡，我抱著花束坐在馬桶蓋上，花香撲鼻，我的腦中卻一片空白。

我沒想過馮英柏會做出這種事，現在想想，他會這麼做，我也並不是非常意外。

現在我應該怎麼辦才好？出去外面繼續裝作沒事的樣子？

可是，該怎麼假裝？

剛剛我還聽見有人喊「在一起」，我只感到困窘不已。

我知道他很好、很優秀，也知道好多人喜歡他，可是我喜歡的不是他。

我閉上眼，深吸一口氣，拿出手機打給蘇北辰。

蘇北辰一定會有辦法的，不論是哪種方法，我都願意試試看，只要可以不傷到馮英柏的心，又能讓我不要跟他在一起。

電話響了好一會兒，最後轉入語音信箱。

我想也沒想地又打了一次。

這次依然是轉進語音信箱。

或許他還在睡覺，所以沒接電話。我思索了幾秒，決定把剛剛的事一口氣打在LINE上，然後發了訊息給他。

外頭還在吵鬧，我就這樣坐在洗手間裡，進退兩難。

「孫黛穎，妳再不出來，花都要臭掉了。」馮英柏的聲音傳了進來，嚇得我差點從馬桶上摔下來。

他竟然闖進女廁？都不怕廁所裡有其他人嗎？

我抱著花跑了出來，還自欺欺人地洗手，對上馮英柏那雙把我看穿的眼眸，覺得自己做這些動作根本就是欲蓋彌彰。

他等我走出廁所後，便接過我手上的花，「三束真的太多了。」

我惡狠狠地瞪他，「你也知道！」

「打個廣告嘛，妳等著看吧，我們這次肯定可以大賺一筆。」馮英柏笑咪咪地說。

我做了個鬼臉，「那也不用拿我開刀，隨便誰都可以啊。」

說完這話，我才發現自己無意間傷了他的心。

我看到他盈滿光彩的臉上，倏地染上一抹沉鬱，像是原本一望無際的藍天，瞬間烏雲密布，變成了滂沱大雨。

「妳真的覺得誰都可以嗎？」他的口氣，帶著一點無助跟示弱。

我知道的，不是誰都可以，只有那個人才可以。

對馮英柏而言，只有我才可以。

「馮英柏，我們能不提這件事嗎？」我求饒，「是我錯了，是我說錯話了。」

「黛穎……」他喊我，手上捧著三束嬌豔欲滴的花，陽光灑在他身上，此時他的表情，是那麼令人難受。

我別過臉，低著頭說：「花，我收一束就好。」

「哈哈哈，屁咧，一束都不給妳。」馮英柏大笑，把花推到我面前，「妳看，裡面都是包好的單枝鮮花，等會兒把外包裝拆了，這些都是要拿回攤位上賣錢的。」

我怔愣地看著他。

馮英柏燦爛地笑著，「妳上當了，這其實是一個廣告，當然不是誰都可以，誰像我們兩個一樣這麼閒啊？笨蛋。」

所以這只是一個玩笑？然後我上當了？

我想我現在的表情一定很傻。

馮英柏接著說：「不然妳以爲我幹麼追妳追到洗手間？這是要賣的商品，妳要是把花弄臭，就賣不出去了。」

我還在思索他說的是眞話還是假話時，他已先一步離去。

他背對著我揮揮手，「妳自己找事情做吧，我先去忙了。」

直到完全看不見他的背影，我才回過神來。

剛剛眞的，都是玩笑嗎？

我抱著一肚子的疑問，走到陰影處，打電話給蘇北辰，結果他沒接，LINE的訊息也未讀。

「還在睡嗎？」我喃喃自語。

印象中，蘇北辰不是一個會睡到日上三竿的人，都已經十一點了，再怎麼樣也應該醒了才對。

我又打了一次，依然沒有人接。

「會不會是忘了帶手機出門？」這個可能性瞬間閃過我的腦海，我頓時感到有點不安，連忙跑向校門口。

如果他忘了帶手機，我站在這裡，一定一眼就能看見他。

太陽正大，我站了一會兒，被晒得口乾舌燥，於是躲到一旁的樹蔭下繼續等待。

隨著時間一分一秒過去，從校門口進來的人越來越多，蘇北辰挺高的，我相信自己能一眼從人群中發現他的身影，我有信心能夠認出他來。

看了看時間，都要十二點了，他應該會來吧？

我未曾這麼不安過，如果是以前沒那麼喜歡他的時候，我或許不會很在乎他是否前來，可是現在我無比期待他的到來，我想跟他說馮英柏的事。

「妳在等人嗎？」馮英柏的聲音忽然傳來，我目光瞥向他，看到他手上抱著一箱花，不知道要去幹麼。

我沮喪地點頭。

「等妳的家教？」他問。

我只是嗯了一聲，不想多說。

「他會來嗎？」

我抿緊雙脣，淡淡地說：「會吧，他答應我了。」

「打電話問問？」

「打過了，他沒接，傳LINE也沒回。」我聲音低低的。

「是不是臨時有什麼事情？」馮英柏問。

我搖頭，「我不知道。」

我不想繼續談論這個話題，於是看著他手上的東西，問道：「你拿著這一箱要做什麼？」

馮英柏喔了聲，「隔壁學校的人訂的花，我正要送去給他們。」

「我們居然還有送貨到府的服務。」我開玩笑地說。

「一起去？」

我搖頭，「他說會來就一定會來，至今從來沒有失約過，所以我要在這裡等他，可能他只是忘記帶手機而已。」

馮英柏露出不可置信的表情，「孫黛穎，妳……是認真的？」

我用力點頭，「是啊。」

「如果他一直沒出現呢？」馮英柏的嗓音聽起來有些壓抑。

我無言以對，只能又重複一次，「他說他會來。」

馮英柏靜靜地看了我幾秒，撇撇嘴，「隨便妳。」

他丟下這句話就走了，連聲再見都沒跟我說。

我看著他的背影，愣了半晌。我不知道這件事我錯在哪裡，讓他把怒氣發在我身上，但我又覺得，我寧可他對我發脾氣，也不要他對我好，這樣我的愧疚感就可以少一些。

現在是正午，天氣熱到不行，我蹲在陰影處，想去買杯飲料喝，但又怕我一離開，蘇北辰就來了。

猶豫了許久，最後我打消念頭，繼續待在原地。

突然間，臉頰冷不防被冰了一下，我轉頭一看，「你怎麼又回來了？」

馮英柏沒回答，只是把瓶裝水往我面前湊了湊，「這麼熱的天氣，一直待在這裡，妳都不怕中暑？」

「我哪有這麼柔弱？而且我是站在陰影處。」我接下他的水，扭開瓶蓋，喝了一大口，「謝啦，我快渴死了。」

「妳寧可渴死也要在大太陽下等他，他又不知道妳爲他做了什麼，妳這麼辛苦，是要做給誰看？」馮英柏開口酸我。

「不做給誰看，反正我開心！」我回嘴，同時警告他，「別以爲你給我一瓶水，就能對我指手畫腳的。」

他一愣，「我只是提醒妳。」

我別過臉，「不用你提醒我。」

「好吧，我就是好心被雷親。」馮英柏聳聳肩，「那妳打算等到什麼時候？」

「等到他來。」我很堅持。

馮英柏在我身邊席地坐下，「我陪妳等。」

我有些錯愕，「你幹麼陪我，又不關你的事。」

「他是不關我的事，但妳關我的事。」馮英柏說，「反正他一來我就走，不會打擾你們兩個的。」

我也跟著坐了下來。

「馮英柏，你到底在想些什麼？」我抱著膝蓋，「你陪我等他，如果最後他來了，你不傷心嗎？」

「我樂意，我願意。」馮英柏打開礦泉水，仰頭喝了一大口，「妳又不喜歡我，這麼關心我幹麼？」

「不喜歡你，也可以把你當朋友啊！」

「那就對了，我陪朋友等她喜歡的人，哪裡不對？」馮英柏淡淡地笑，眼裡是那般清澈，好像眞的是這樣，好像眞的只有這樣。

我悶悶地說：「總覺得有點對不起你。」

「不用對不起，這些都是我願意的。」他拍了拍我的頭，「其實我也很好奇，到底是什麼樣的男生，竟然讓妳喜歡到這種地步，難道他比我好嗎？」

我低低地笑了，「在我心裡，他比世界上的任何一個人都好。」

我說起和蘇北辰在山上經歷的種種，說起我們在溫泉裡嬉戲的事，說起他陪伴我度過奶奶過世的那些日子，說起他幫我上課的時候，對我無可奈何的樣子。

我的下巴抵在膝蓋上，看著那些來來往往的人，期待著蘇北辰的到來。

我不知道我是喜歡蘇北辰，還是喜歡和他在一起的那段日子，或許這兩者之間根本就分不開，我喜歡蘇北辰，是因爲那段日子的朝夕相處，是因爲那段日子，是我截至目前爲止的人生中最美好的片段。

我眼前忽然一黑，馮英柏的手蓋在我的雙眼上。

「妳眞的很喜歡他。」我原本還在掙扎，一聽到他的話便停下了動作。

過了一會，馮英柏再次開口：「妳知道妳的眼睛都在發亮嗎？」

我沒作聲。

「如果妳先認識我，妳會喜歡上我嗎？」

他的語氣帶著點試探，帶著點希望，也帶著點不安。

我愣了一下，答案瞬間在我心中浮現。

不管怎麼樣，我都無法喜歡上他。

我的沉默讓馮英柏收回了手，瞬間傾灑在臉上的陽光，使我瞇起眼睛。

「對不起，我不想騙你。」

「我知道，但要是妳願意騙我，那該有多好？」

我微笑以對，不想再接話，於是站起身，想活動一下身體。

可能是坐太久的緣故，我感覺一陣天旋地轉，險些站不住腳。

馮英柏慌張地用一隻手攬著我，另一隻手握著我的手，「怎麼了？」

我眨了好幾下眼睛，「沒事，只是頭暈，可能有點貧血。」

馮英柏皺起眉頭，「妳要幹麼妳跟我說就好，我去幫妳做。」

我啞然失笑，「我又不是病人，只是忽然有點暈眩，而且我剛是想起來活動一下身體，你要怎麼幫我？」

馮英柏無言了幾秒，但還是緊緊地握著我的手。

最後我終究沒有等到蘇北辰，一直到校慶結束了，都沒有看見他。

✦

從那之後，我再也聯繫不上蘇北辰。打他的手機沒人接，傳LINE也不回，過了幾天，我只收到他簡簡單單的一段短訊，他說他之後都不能幫我上課了。

那不是一個詢問，而是一個通知，沒有任何原因與預兆，不管我如何追問，打過去的電話或是發過去的訊息，都像是石沉大海，沒有收到半點回音。

一整個星期下來，我的心情非常低落，就連我考試成績進步這件事，都不能讓我提起精神，這次的考題難度很高，我的排名終於不再是倒數前三名，之所以能脫離吊車尾的行列，全是蘇北辰的功勞，我很想與他分享這份喜悅，卻始終聯絡不到他。

「妳最近到底怎麼了？」

週五放學後，馮英柏像是完全無法忍受我的陰陽怪氣，把我抓到頂樓盤問。

我無力反抗，任憑他拉著我走。事實上，我對一切都已經覺得疲憊。

我站在陰影下，看著他，「我也不知道怎麼了。」

我只知道我和蘇北辰失聯了，原來失去一個人，是件這麼容易的事。

不用大吵大鬧，不用動手動腳，只需要一方的手機故障，或是不想接聽電話，彼此間的交集，就能一夕之間歸零。

我甚至不能去找他，他疏離我的意圖是那麼明顯，我猜他並不想見到我。

我毫無章法地把事情跟馮英柏說了，我迫切地需要有人幫我出主意。

馮英柏沉默了一會兒，「線索太少了，猜不出來。」

我靠在牆上，低垂著頭，不言不語。

馮英柏學著我，靠在牆邊，「還是我陪妳去找他問問？」

「不用了。」我搖頭。要問，也是由我親自去問。

「那妳打算就這麼頹廢下去？」馮英柏問。

「我不知道。」我看著腳下，「我好想奶奶。」

說著說著，我的眼淚掉了下來，這些日子的委屈，在這一刻瞬間潰堤。

我蹲在地上，把臉埋在手心裡，大哭起來。

我想奶奶，我想回到故鄉，我想回到那段平靜的日子，雖然我們總是煩惱著錢，但至少還算過得平順且快樂。

不像現在，我每個星期有足夠的零用錢，可是時常擔心阿姨和依穎不習慣這樣的日子，時常覺得自己與這個城市格格不入。我不明白蘇北辰爲什麼會忽然閃躲我，也不知道馮英柏爲什麼會喜歡我，這一切，都讓我不知道該如何是好。

我不管不顧地嚎啕大哭，像是奶奶過世時，我靠在蘇北辰懷裡大哭一樣，可是那時候我還有他，他說他會陪在我身邊，我才能撐過這些日子，然而當初他說的話，像是留在了那間醫院的那個窗下，沒有跟我一起來到這裡。

蘇北辰，你爲什麼像是留在了過去那段時光裡，沒有跟我一起過來？

我的哭聲漸緩，冷靜下來後，才後知後覺地想到馮英柏還在我旁邊，他拍著我的肩膀，一下一下的，讓我想到在醫院裡，蘇北辰也是這樣安慰我。

我伸手想撥開他，卻被他握住，一抬起頭，才發現我現在竟然在他懷裡。

「不要哭了。」他的聲音很低很輕，像是怕碰碎了什麼，「讓我安慰妳，好不好？」

我搖搖頭，連拒絕他的安慰都那麼蒼白無力。

我勉強抬起嘴角，「我沒事。」

馮英柏看著我，沒有戳破我的逞強，握著我的手緊了又緊，然後才慢慢鬆開。

「我帶妳出去玩好不好？我不能帶妳去見妳奶奶，可是我能帶妳去散散心。」馮英柏蹲在我面前，「妳不要哭了，妳為什麼要為了那個不負責任的男人哭成這樣，他如果在乎妳，還會連一通電話都不接，連一個理由都不解釋嗎？」

我氣得推開他，「你走開！我不要聽任何人說他不好！你如果要說他的壞話，那你就滾開！」

馮英柏不可置信地看著我，像是對我的執迷不悟感到很驚訝，而後懊惱地嘆氣，「好，這句話算我說錯了，那妳要不要跟我出去玩？明天我早上上完英文口說，就帶妳去走走。」

我低頭想了會兒，蘇北辰不能幫我上課，明天我有大把的時間不知道要怎麼安排。

「好。」我答應，又頓了頓，「馮英柏，我不想利用你，所以……」

「我知道，妳到底要說多少次？」馮英柏的口氣比我還不耐煩，「妳都說了幾百次妳不喜歡我了！」

我手足無措地看著他。

我的確是反覆說著這句話，可是他根本沒放在心上。

馮英柏的雙手忽然握住我的肩膀，「我們打個商量。」

「什麼事？」

「如果有一天，妳喜歡我了，妳就跟我說。」他臉上掛起一抹微笑，卻有些苦澀，「在那之前，我都會當成妳不喜歡我，所以不要再說妳不喜歡我了，不是只有妳會心痛，我也會。」

他指著自己的胸口，「我這裡，也會痛。」

我抿緊雙唇，我就是怕我不把話說清楚，會讓他產生不必要的期待，才一直口口聲聲說自己不喜歡他，畢竟沒有期待就不會受傷，不是嗎？我一直是這麼想的，可是終究還是讓馮英柏受傷了。

我點點頭，「我答應你。」

馮英柏鬆了口氣，「好，那就這麼說定了，明天我請老師早點來上課，那麼我十點在妳家那裡的捷運站等妳。」

「我可以去找你。」我立刻說。

「不用，從我家過去不順路。」他站起身，朝我伸出手，「走了，去吃飯吧，我餓了。」

我把手放在他掌心上，他一把拉起我，又馬上把手抽出來，「那你想吃什麼？」

「就去附近的那家小吃店吧，我要叫老闆幫我加飯。」馮英柏笑嘻嘻的，像是什麼事都沒發生過。

我走在他身邊，帶著鼻音和他聊天，結果忘了問他，那從我家出發就順路了嗎？後來想起這件事，我心裡總是懊惱不已，我一次次辜負了馮英柏的眞心，可是我又無計可施。

這世上有沒有一種可能，是我把他視爲朋友，他也只把我當成朋友的可能。

不管我怎麼做，不管我接受或是拒絕他的好意，對他而言，都是一種傷害，我想取兩者之間傷害較輕的，才發現，根本就不可能辦到。

隔天，和馮英柏會合後，我們兩個便搭上捷運。

一路上不論我怎麼追問，馮英柏就是不肯說出目的地，直到轉了幾次捷運，我才發現我們要去動物園。

到了門口，遠遠地就看見班長，他身邊還站著另一個女生。

「那是他女朋友，隔壁學校的。」

我點點頭，「我以爲只有我們兩個人。」

「兩個人有什麼好玩的，出來玩就是人多才熱鬧。」馮英柏笑咪咪的，「別擔心，班長的女朋友很可愛又很好相處。」

我眨了幾下眼睛，其實我並不擔心，但看在馮英柏這麼爲我著想的分上，這句話我沒說出口，只是輕輕點頭。

「你們來了。」班長跟我們打了聲招呼，「這是我女朋友，小貂。」

小貂立刻打開手機，「妳看，這個。」

我看著螢幕，她的手機桌布是隻貂，非常可愛，班長突然哈哈大笑，「這是小貂養的，名字叫布丁，牠很乖的。」

「走啦，買票。」馮英柏說。

雖然十月中了，但天氣還是挺熱的，我們搭了遊園接駁車到園區最裡面，然後一區一區地逛下來。

馮英柏沒說錯，小貂是個很可愛的女生，一路上不停跟我們說話，偶爾又會跟班長撒嬌，像小動物一樣。

我每到一區，就拍了很多張動物的照片，想說之後可以拿給蘇北辰看，但我並不知道，日後還會不會再見到他。

「妳為什麼心情不好？」小貂問。

「啊？」我連忙收起手機，看著坐在桌子對面的小貂。

「阿空說的，他說馮英柏喜歡的人心情不好，所以找我們一起出來玩。」小貂看向正在排隊買飲料的班長和馮英柏，「妳不喜歡馮英柏？」

我搖頭。

「那我懂了，因為不喜歡他所以覺得很煩。」小貂逕自推論。

我笑出聲，「不完全是這個原因，其實是因爲我喜歡的人已經一個星期不接我電話，也不回我LINE了。」

「妳有去找他嗎？」

「沒有，我不敢。」我托著臉，想不到自己也會有這麼膽怯的一天，是不是因爲喜歡，所以才變得這麼畏畏縮縮？不敢多做一點點事情，就怕讓蘇北辰覺得困擾，怕他因此討厭我。

小貂想了想，「要不要我幫妳問問看阿空是怎麼想的？男生的想法，還是男生會比較了解吧？我們想半天，也想不出個所以然。」

我還沒回話，班長和馮英柏已經回來了，小貂迅雷不及掩耳地問：「阿空，什麼情況下你會不回我電話也不回我LINE？」

班長想也沒想地說：「想死的時候。」

我本來認眞聽著，一聽到答案，嘴裡的飲料沒忍住一口噴在地上，咳了起來。

馮英柏連忙幫我拍背順氣。

小貂笑罵班長，班長卻一臉無辜地說自己要不是想死，才不會不接她電話。

我一時有些走神，這才是眞正戀愛的模樣吧。

因爲不想讓對方傷心，所以那些事情都不會做。

那我這麼輕易就被蘇北辰甩了，是不是表示，其實他一點都不喜歡我，所以他不在乎我的想法，也不在乎我會不會傷心。

「我、我去一下洗手間。」我抓著手機，逃離這個飄著粉紅泡泡的現場。

我靠在牆角，選了幾張好看的照片傳給蘇北辰，然後輕描淡寫地敲下幾個字發送過去。

孫黛穎：我和同學們來動物園玩了，下次我們也一起來，好不好？

我好希望身邊的人是蘇北辰，即便他不會像班長對小貂那樣待我，我也沒關係，只要他在我身邊，那就足夠了。

我身旁忽然多了一道人影，「妳在想他嗎？」

我看了馮英柏一眼，「你怎麼來了？」

「他們也需要一點空間獨處。」馮英柏淡淡地說，又笑著問：「小貂很可愛吧？」

「是很可愛。」我同意，「她跟班長是怎麼認識的？」

「他們是國小同學，去年辦同學會的時候一見面，就交往到現在了。」馮英柏似乎對他們的事很了解，不過他本來就是消息都很靈通的人，所以我也不意外。

「你怎麼會想找他們來？我看你平常也沒跟班長特別熟啊。」

「因為他們兩個都很好相處，我想妳會喜歡小貂，難得一起出來玩，總要妳開心才好。」

我愣了下，馮英柏只是拍拍我的頭。

「妳綁馬尾滿好看的，不過短髮也好看。」

我下意識地摸了摸耳邊的頭髮，這是爲蘇北辰所留的頭髮，也許，等我頭髮留長了再出現在他面前，他搞不好會驚覺我長髮的樣子也很好看。

我微笑，「走吧。」

「孫黛穎，妳今天開心嗎？」

我踏著輕快的步伐，「開心啊，小貂真的很可愛，班長也很有趣。」

「那就好。」馮英柏鬆了一口氣。

「你幹麼？」

「知道怎麼樣會讓妳開心，以後就好辦了，我只怕束手無策，只要有點方向，就算妳喜歡的是星星，我都能想出辦法讓妳開心。」馮英柏哈哈笑著。

我很不能明白他這是什麼心態，可是我又答應過他不再說我不喜歡他，所以只能問：「我要是眞的喜歡星星，你打算怎麼辦？」

馮英柏想了幾秒，「我可以帶妳去天文臺，也可以送妳星空瓶，還能陪妳去看螢火蟲，妳看，這不是很多辦法嗎？」

我打趣，「你好多花樣，常追女生喔？」

馮英柏用指節敲了敲我的額頭，「被妳說得我很花心似的，沒有，我只追過妳一個。」

我摀著額頭，「我哪知道，我以前又不認識你。」

「妳現在知道不就好了。」馮英柏的眼裡滿是笑意，「我今天也很開心。」

「為什麼？」

「因為妳還記得我們的約定。」他說。

我想馮英柏說的，是那個不再說不喜歡他的約定。

我對他做了個鬼臉，他順勢換個話題，隨意地東聊西扯，回到桌邊的時候，小貂對著我笑，「其實，我覺得馮英柏人挺好的。」

她話才說完，班長伸手摀住她的嘴，馮英柏則摀住我的眼睛。

我有點莫名其妙，「你幹麼？」

「有髒東西，不要看！」

「髒東西在哪？」

「小貂的嘴是髒的。」

馮英柏接得很快，所有人都傻了一下。

我聽見班長說：「馮英柏，你想打架嗎？竟然這麼說我女朋友！」

馮英柏放下手，推了我一把，「妳不是很擅長打架嗎？去吧。」

我瞠目結舌，「關我什麼事。」

小貂這時候也掙脫開來，「你們要打架？好啊好啊，快打。」

我和馮英柏瞪了她一眼，她很無辜地縮到班長懷裡，「你們都好凶喔。」

打打鬧鬧中，時間很快就過去了。

傍晚時分，我和馮英柏向班長及小貂道別後，便走進捷運站裡。

「所以你們幹麼不讓小貂說話？」捷運上，我這麼問馮英柏。

「還不是怕妳聽了有壓力，不喜歡我。」馮英柏隨意回答，他的目光望著車窗外的景色，看上去有些累了。

我安靜地看著窗外，沒說話。我不喜歡你，和小貂沒有半點關係，但我不能這麼對他說，所以只能在心裡想著。

我拿出手機看了一眼，依舊沒有蘇北辰的訊息，雖然有些失望，卻也不覺得意外，意外的是我收到了大師兄的訊息。

大師兄：在幹麼呢？妳今天怎麼沒來上課？

訊息是兩個小時前傳來的，我想蘇北辰大概沒有跟大師兄說，他已經不幫我上課的事情。

我想了想，回覆他。

孫黛穎：和同學們去動物園玩。找我有事？

我按下發送的那一秒，馮英柏探過頭來，「大師兄是妳的家教老師嗎？」

我關掉螢幕，搖搖頭，「不是。」

「那他是誰？」

我淡淡地說：「我朋友。」

馮英柏笑了下，「妳怎麼有這麼多朋友？而且還都是男的。」

我皺起眉頭，「你也管太多了。」

見他愣住了，我又說：「我不喜歡你用這種口氣說話，好像我對不起你似的。」

馮英柏看著我，沉默了一會兒，「我確實沒有管妳的資格，但是關心一下朋友不行嗎？妳能不能別對我防心這麼重，傷害妳的人是妳家教，不是我，妳要發脾氣也應該是對他，不要遷怒我。」

馮英柏重重地踩在我的痛處上，我抿緊唇瓣，還是沒能忍住心裡的怒氣，「你要是覺得委屈，那你就走好了，我有要你關心我了嗎？」

此時捷運剛好到站，我抓起包包便跑下了車，馮英柏顯然沒預料到我會有這種舉動，想要追上來的時候卻被人群擋住，等他走到門前時，車門已經關上了。

我和他隔著捷運的玻璃門相望。

他的臉上有些錯愕，也有些傷心，我不知道我的表情如何，我只是看著他，看著捷運駛離。

手機忽然收到一封訊息，我以為是馮英柏傳來的，沒想到是大師兄。

大師兄：晚上有沒有空，我請妳吃飯。

我怔怔，不知道他幹麼突然要找我吃飯，但如果跟大師兄吃飯的話，應該可以旁敲側擊蘇北辰的近況吧？

所以我很快就答應了大師兄的邀約，然後跟他約好時間，在他們大學的校門口見面。

我看了下捷運路線圖，轉而搭上開往另一個方向的列車。

沒過多久，我到了校門口，大師兄已經在等著了。

「嗨，黛穎，好久不見，妳好嗎？」

我失笑，「不過一個星期沒見而已。」

「一日不見如隔三秋。」大師兄誇張地摀著胸口，「妳看見我片片剝落的心了嗎？」

我很不捧場地對他搖頭。

「妳這個沒心沒肺的小東西！」大師兄跺腳嬌嗔。

我抖了一下，「可以了大師兄，太超過了。」

聽我這麼說，大師兄立刻得意地點點頭，「走吧，我們吃飯去，想吃什麼？」

「你決定吧，你是地頭蛇。」

大師兄拉著我鑽進附近的巷子，現在已是傍晚，天色漸暗，路燈一瞬間全亮了起來，彷彿綻放了滿城的煙花。

我停下腳步，覺得有些炫目，大師兄笑著說：「我第一次見到整排路燈一起亮起的時候，也震撼了下。」

我唇角微彎，他不知道那一刻，我腦海裡浮現的是蘇北辰站在路燈下的身影。

我現在才發現，原來喜歡一個人的時候，看見什麼東西都會想到他，不管與他有沒有關聯，都覺得自己所見到的事物皆如他一般美好。

大師兄忽然問：「妳和北極星到底怎麼了？」

我抬起頭，看著他，「這就是你今天找我吃飯的原因？」

「嗯，他都陰陽怪氣一整週了，直到今天妳沒來上課，我才確定他的怪異肯定與妳有關。」大師兄正經地說，「你們吵架了？」

我苦笑，「真要是吵架的話就好了，偏偏我什麼都不知道，他就突然疏遠了我。」

大師兄若有所思地點點頭，「看樣子事情不單純，我們找個地方坐下來慢慢聊吧。」

最後大師兄領著我進了一間義大利餐廳。

點了餐之後，我把事情簡單地交代了，其實也沒什麼好說的，從頭到尾，我只知道蘇北辰不理我了，僅是如此。

大師兄聽了，琢磨許久，久到我把義大利麵都吃完了，他還是沒開口說話。

過了一會，他說：「妳覺得，他是不是看到妳同學和妳告白的場景，才會態度大變？」

我眨了幾下眼睛，從沒想過這樣的情況。

「我不知道，但是，那又怎麼樣？」

大師兄微微一笑，「男人有時候很脆弱，一旦他覺得沒辦法給自己喜歡的人幸福，是會退縮的，在一切都還沒開始的時候。」

「我們怎麼算是還沒開始？」我越說越激動，「我都跟他告白過了，他也沒有正面拒絕我啊！」

大師兄愣了一下，「原來妳跟他告白過了，小朋友就是這麼無所畏懼，年輕真好。」

我被大師兄說得臉上發熱。

但如果是現在，我恐怕不會向蘇北辰坦承我的心意。

很多事情，很多話，我總是想著先做再說，可後來才知道，失敗是一件這麼痛苦的事，即便蘇北辰從未很明確地拒絕過我，可是他的態度，讓我跟被拒絕了沒什麼兩樣。

「蘇北辰，他……過得不好嗎？」我吶吶。

大師兄嘆了一聲，「挺不好的，比他跟Apple分手那一陣子的狀況還差。」

我不知道該作何感想，但心裡卻隱隱約約覺得高興，彷彿這樣就可以證明，不是只有我一個人感到痛苦，不是只有我在乎蘇北辰，其實他也很在乎我。

儘管，我不知道他爲什麼要百般逃避我。

我托著臉，看著窗外的燈光。

「大師兄，你覺得如果我去問他，他會告訴我答案嗎？」我輕聲說，「如果他也會因爲這樣而心情不好，是不是表示我們有一樣的感覺？」

「客觀來說，你們的感覺確實挺像的，但我不是北極星，所以我不知道，我只知道，就算要再見，也要好好地道別。」大師兄用一種難得正經的口氣對我說，「不管妳是哪裡得罪他，不管未來你們還要不要在一起，至少這個當下，都要把話說開。」

「可是他不接我電話，也不回我LINE，我連他現在在哪都不知道。」我垂下肩膀。

「我幫妳打電話問問看不就知道了。」大師兄立刻拿起手機撥打，我聽到他的電話馬上就被接通，心裡頓時五味雜陳。

蘇北辰，你眞狠得下心，明明知道我在找你，我的電話你卻一通都不接，訊息也一個都不回。

大師兄掛斷電話，拿起帳單去結帳，「走吧，他還在學校裡。」

我默默起身，跟著他走回學校。

我一直想見蘇北辰，想跟他說話，事到如今，等會兒我就能見到他了，但我腦子裡卻一片空白，連想說些什麼都不知道。

我們走回社辦，大師兄走在我前頭，「等一下我先進去看看，要是沒別人，妳就直接跟北極星在社辦裡談，要是有其他人，我就把他喊出來。」

「謝謝你，大師兄。」

「不用客氣，關心你們是應該的。」他笑了笑，跟平常瘋癲的模樣判若兩人。

他拉開門，跟蘇北辰打了聲招呼，然後把頭探出來，叫我進去。

明明才過了一週，可是一見到蘇北辰，我卻覺得像是久別重逢。

一瞬間，這世上所有的聲音似乎都消失了，只剩下我和他。

蘇北辰坐在椅子上，吃驚地看著我，眼睛眨也沒眨，我站在他面前，極力克制想上前擁抱他的衝動。

「妳……」他愣愣地開口。

「我有話想問你。」我吸了口氣，「大師兄說，就算我不知道為什麼得罪了你，也要把話說清楚。」

蘇北辰苦笑，瞥了眼已經被大師兄帶上的門，「多管閒事。」

「蘇北辰，我到底做了什麼事，讓你這樣對我？」我努力壓抑奔騰的情緒，止住湧上心頭的酸楚，「你是不是看見我同學向我告白的場景？」

蘇北辰頓了頓，然後點點頭。

「那我告訴你，我不喜歡他，我喜歡的人是你，我想和你在一起，不管他多喜歡我，我都不會喜歡他。」我一口氣把話都說了，心裡卻惴惴不安，無法猜測蘇北辰的反應會是如何。

我不知道別人都是怎麼告白，也不能像馮英柏一樣弄出一堆花來，我只會把我的心意毫無保留地告訴他，希望他能明白我對他是眞心眞意的。

蘇北辰站起身，隔著一張桌子凝視著我，不言不語。

我心裡有種不安的預感，可是既然我都把話說成這樣了，無論如何，我都想聽他親口說出答案。

「大師兄說你這一週也過得不好，你到底是怎麼了？」我抱著一點點希望，「是不是你也喜歡我……」

「我一直把妳當妹妹。」蘇北辰很快接話，他說得很是平靜，但臉上的神情分明不是這麼一回事。

「你騙人！」我吼他，「如果眞是這樣，你的表情爲什麼會那麼難受？」

蘇北辰安靜了幾秒。

「我沒有告訴妳，我弟叫什麼名字。」

「你不要扯開話題。」

蘇北辰的眼神帶著一種我看不懂的情緒，他淡淡地說：「我沒有扯開話題，我弟弟的名字，叫馮英柏。」

我呼吸一滯，錯愕地回不了神。

「不、不可能，你們不同姓啊……」

他斂下眼眸，以不帶任何情緒的口氣解釋：「我媽媽是獨生女，所以我弟跟我媽姓，我跟我爸姓。」

我後退幾步，靠在牆上，「所以……」

「所以，我不能喜歡妳。」蘇北辰抬起眼看著我，「這世界上，有很多東西比愛情還重要。」

我腦子裡亂成一團，只能複誦這句話，「因爲馮英柏，所以你不能喜歡我……」

蘇北辰別開眼，沒有說話。

「蘇北辰，你這個混帳！」我忍了許久的眼淚瞬間潰堤，「又不是我，又不是我叫馮英柏喜歡我的！」

蘇北辰向前走了一步，又硬生生地停下腳步，「我知道，不是妳的錯。」

「你明明對我也有好感，爲什麼要這樣對待我？」我哭著問他，「你這麼做，對我不公平！」

「沒有什麼公不公平的，感情是兩個人的事情，請妳尊重我的選擇。」蘇北辰說完，便轉過頭，不再看我。

我吸了口氣，卻覺得無法呼吸，腦中一片空白。

「所以，你的意思是，從此之後我們連朋友都當不成了，是不是？」

我從牙縫裡擠出這句話。

他終於正眼看我，然而淚水模糊了我的視線，我已看不清他臉上的表情，只聽見他說：「對。」

我胸口痛得難以呼吸，再也說不出任何話語，這個地方是如此令人難受，讓我連一秒都待不下去。

我奪門而出，一直守在門邊的大師兄見我衝了出來，反應不及，沒能及時攔住我。

我一路跑著，當我停下來的時候，根本不知道自己在哪裡，應該還在校園裡面，只是學校大大太，我分不清方向。

迷路的我，乾脆坐在一旁別棟系館前的階梯上繼續哭泣。

蘇北辰不就是一個不喜歡我，只喜歡他弟的混帳嗎？我爲什麼要爲了他哭成這樣？

我抱著膝蓋，把頭抬起來，看見不遠處的樹下站著個人。

是蘇北辰嗎？

我眨了好幾下眼睛，才發現那是大師兄。

我笑了聲，不知道是笑他，還是笑我自己。

我到底在期待什麼？

蘇北辰都說得這麼清楚了，我還在想什麼？

大師兄走上前，露齒一笑。

「瞧妳一臉失望的神情，其實我也很不錯啊，我身高一百八，體重七十六，長得玉樹臨風、一表人才、花見花開人見人愛，連研究所推甄都是一次就上三所，可見我的外表是經過各大院校認證的，品質有保障。」

大師兄一如往常地聒噪不休，我頓時鬆了口氣。

「好了，大師兄，太吵了。」我帶著濃濃鼻音阻止了他。

他蹲在我面前，遞給我一包面紙，「雖然，這話我被叮囑過不能說。」

我伸手接過面紙，擤了擤鼻涕，靜靜地等他說下去。

「但發現妳在這裡的人是北極星，面紙是他留給妳的。」大師兄說，我愣愣地抬頭看他，他揚起溫暖的笑容，拍了拍我的頭，「他還有一句話，叫我問妳。」

「是什麼？」我急忙追問。

「他要我問妳，『如果有任何一點機會，妳會不會救奶奶？』」大師兄很輕很輕地說：「很多時候，沒有對錯，只是選擇。」

會，我會。

我明白蘇北辰要和我說的是什麼。

在他心裡，家人永遠是最重要的，他不能捨棄他們，只能捨棄我。

我抓著大師兄的手，淚如雨下。

「不哭不哭，眼淚是珍珠。」大師兄拍著我的背，又說：「仔細一想，這話的邏輯很有問題啊。」

我哽咽地問：「哪裡有問題？」

「妳想想看，如果眼淚是珍珠，那妳不是應該要多哭一點才對，要是我把那些珍珠拿去賣了，我們五五分帳，包準可以大賺一票。」大師兄煞有其事地說，「定義上來說，從眼眶裡流出來的才能算是眼淚，妳不哭，那些淚水留著也不會變成珍珠。」

他用一種很堅定的眼神看著我，「所以，妳快哭吧。」

被他這麼一說，誰還哭得出來。

我抽了張面紙，抹去臉上的淚珠。

「大師兄，你跟我說說蘇北辰和Apple的事情吧。」

大師兄有些意外，「北極星沒跟妳說過？」

我搖頭，大師兄看了一眼手錶，「要說也是可以，不過時間很晚了，我們路上邊走邊講。」

「若是你有別的事要忙，我們下次再聊也可以。」

大師兄站起身，「那倒不是，是北極星交代我早點送妳回家，妳家裡不喜歡妳太晚回去。」

我很委屈地望著大師兄，悶聲道：「大師兄，他把我的事情都記在心上，明明他很在意我，爲什麼我們卻不能在一起？」

大師兄看著我幾秒，伸手把我從地上拉起來。

「妳的問題，我沒辦法回答。」他摸摸我的頭，「我不介意妳放聲大哭，但現在，我們眞的得出發了。」

我頷首，默默地走在大師兄身旁。

穿過偌大且安靜的校園後，大師兄忽然開口：「有些事情，我們只能等待緣分的到來。或許有一天，馮英柏喜歡上別人，這樣妳和蘇北辰就能在一起了。」

我低下頭，「那還要多久？」

「我不知道，但如果妳眞的喜歡他，還怕等上幾年嗎？」

「若是中間他喜歡上別人，我該怎麼辦？」

大師兄笑了下，「這不就代表你們眞的沒有緣分嗎？倘若他喜歡上別人，就表示他已經不喜歡妳了，妳難道要跟一個不喜歡妳的人在一起嗎？」

我沒有被大師兄說服，也想不出話反駁他。

「但是，北極星喜歡妳，一定遠遠超過Apple。」大師兄刷了悠遊卡後，這麼說。

捷運站裡有些悶熱，列車進站時帶起一陣輕風，捎來些微的涼意，我和大師兄一起走進車廂。

「你怎麼知道？」

「北極星和Apple交往的時候，從來沒表現出這麼濃烈的情緒。」大師兄雙手揣在口袋裡，「我一直覺得他在感情上是有點缺陷的人，他不是很能理解愛情裡的占有欲是怎麼回事，所以我也從未見過他吃醋、發怒。」

我點點頭。蘇北辰跟我說過，他被甩的原因就是因爲Apple覺得他不愛她。

「可是這一週，還有今天，我第一次見到他這麼難過的模樣。」大師兄想了會兒，「看起來就像是小龍女被尹志平玷汙的感覺。」

「……大師兄你知道自己在說什麼嗎？」我是聽不太懂他的話，這跟小龍女有什麼關係？

「就是從不解人事變成……總之，他好像忽然懂得什麼叫做傷心跟憂鬱了，雖然這也不能表示他喜歡妳超過Apple，但至少，我可以斷定妳在他心裡的重要性，絕對不亞於其他人。」

我勉強一笑，心裡卻是一陣苦澀。

那又怎樣？雖然不亞於其他人，但我還不是被捨棄了？

「大師兄，謝謝你。」我頓了頓，「下次有機會，我請你喝飲料。」

「那倒不用，哪有讓小師妹請客的道理。」大師兄擺擺手，「妳和北極星之間的事，說實在話，我也沒幫上什麼忙。」

「不，你幫了很多忙。」我搖搖頭，「至少我現在知道蘇北辰爲什麼會這麼對待我。」

大師兄呼了口長氣，「好吧。」

我疲累地看著窗外，心裡混亂得不行。出了捷運站後，大師兄說要陪我走回家，我只是淡淡地說聲好。

我想這應該也是蘇北辰拜託他這麼做的。

轉過街角，路燈下的人抬頭注視著我和大師兄。

「馮英柏？」我吶吶。

大師兄望了過去，「他就是馮英柏？」

這個時候，馮英柏已經走到我們面前。

「原來妳半途跳車，是爲了和別人見面，妳幹麼不跟我說清楚？我又不會不讓妳去。」他雖然笑著，口氣卻尖酸刻薄，「難道這就是妳對待朋友的方式？」

我實在累極了，連反駁馮英柏的力氣都沒有，「大師兄，你先走吧，我家在前面而已。」

「這種情況下，我怎麼能先走？」大師兄的語氣似乎很興奮，我還以爲自己聽錯了，但下一秒就看到他對馮英柏自我介紹。

我扶額，嘆了口氣。

也好，讓他去應付馮英柏吧，反正大師兄自然知道什麼話該說，什麼話不該說。

「你們慢慢聊，我先回家了。」我說完，便往家裡走去。

才邁出一步，馮英柏突然拉住我的手腕，「不准走。」

「馮英柏，你發什麼瘋？」

馮英柏看著我，「妳的眼睛好腫，爲什麼哭了？」

我張口結舌，一時無語。

因爲你，我才會被蘇北辰捨棄，才會哭腫了眼。我是多麼想對馮英柏說出眞正的原因。

可是，蘇北辰一定不希望這件事被馮英柏知道吧？

如果是我，我也一定不希望的。

我望向大師兄，希望他能解救一下我。

「她剛剛來學校找我吃飯的時候，不小心被球打到頭。」大師兄立刻開口。

馮英柏皺起眉頭，「被球打到就哭了？」

「你不懂，那個很痛很痛的，被打到哭出來也是正常的，換作是我，應該痛到咬舌自盡了。」

我低下頭，眞的很痛很痛，痛到我的心臟都快要停止跳動，要是可以，我多希望下一秒就能失去意識，忘記這些事情，忘記蘇北辰這個人。

「是嗎？」馮英柏自然是不信的，「她是一個敢跟全班說要單挑的女生，怎麼可能這麼脆弱？」

大師兄拍拍馮英柏的肩膀，「兄弟，記著，再怎麼堅強的女孩，都有脆弱的時候。你不僅不把握機會趁虛而入，還對她這麼凶，這絕對不是一個好選擇。」

我感激地看著大師兄，謝謝他幫我想了一個這麼好的藉口。

趁著兩人談話之際，我趕緊回到家中。

關上房門，我背抵著門板緩緩坐下，閉起雙眼。

如果今天的事，只是一場夢，那該有多好。

第五章　人生若只如初見

或許得不到的總是最好，所以使我們放不開手。

那天之後，我再也沒有見過蘇北辰，馮英柏也不再用那種質疑的口氣對我說話。大概是受了大師兄的啟發，馮英柏開始拚命討好我，逗我開心。我卻對他更加冷淡了。

班上同學都以爲我和馮英柏吵架了。

但我懶得解釋太多，索性讓他們誤會下去，反正，眞正的原因我怎麼樣也不能說，既然如此，那還不如維持現狀。

考完第一次段考後，很快便來到第二次段考，沒有蘇北辰幫我上課，我又不想求助於馮英柏的情況下，到了考前，我累積了堆積如山的題目，看著天書一樣的詳解，最後決定厚著臉皮去問班長。

「妳明明就有馮英柏這個資優生可以問，幹麼還跑來問我？」班長一臉不解。

班長和小貂坐在市立圖書館外的椅子上，小貂咬著飲料吸管，翻看我書上標記的問題。

「有些我可以教妳。」小貂拿起筆跟我解說一番，我聽得似懂非懂，但總算有了點頭緒。

班長看了眼，用筆將一大堆題目都打了叉，「妳短短幾天內要搞懂這些東西是不可能的，不如先把基礎題練好。」

班長拿走我的書，「算了，書借我一下，我等等先幫妳寫好詳解，妳回去再慢慢消化，如果每題都一一解釋，可能會講不完。」

「謝謝。」我感激地對班長道謝。

無論如何，我很想考好一點，若是蘇北辰有看到馮英柏的班級成績單，或許會注意到我的努力也說不定。

班長回到圖書館，留下小貂和我繼續討論。

小貂捧著我的習作，認真地看了一會兒，在一旁的空白處計算了一下，然後對我招招手。

「我教妳。」

我連忙湊過去，認真聽著，只可惜小貂雖然會解題，但是講解得不清不楚，我花了好多時間去理解，卻還是沒掌握到訣竅。

到最後，我們兩個不得不放棄這件事，光解一題就用了將近半小時，我是不要緊，但要是害得小貂也沒時間念書，那就不好了。

「等等叫阿空教妳吧，我自己的數學也挺不靈光的，說不定妳會被我越教越糟。」

小貂頓了頓，「阿空說妳跟馮英柏吵架了，爲什麼？」

我搖頭，「不是吵架，是我不想給他希望。」

小貂喔了聲，「妳人眞好。」

我泛起苦澀的笑容，我還眞不確定我是不是好人。

「可是妳知道妳每天來圖書館自習時，馮英柏都坐在妳後面的座位上，陪妳念書嗎？」小貂直直地看著我，「雖然我能理解妳的想法，但我眞的覺得馮英柏挺可憐的。」

我沉默，她說的這件事，我當然很清楚。

我只是假裝不知情而已，就像他每天放學後，都會默默跟在我身後，送我回家。

「我是眞的挺喜歡馮英柏的，他簡直挑不出任何毛病，又幽默又好相處，而且他對妳這麼用心，妳眞的不考慮一下嗎？」小貂問。

來到這個城市，除了蘇北辰和馮英柏之外，小貂與班長是少數幾個我談得來的朋友，所以在這件事上，我不想隱瞞小貂。

我嘆了口氣，挨著小貂的肩膀坐下，想了好一會兒，才開口：「如果可以，我也想要喜歡他。」

這樣我們就會從三個人的痛苦，變成一個人的痛苦。

只可惜不行，我還是每日每夜拿起手機，看著通訊錄上那個我不能聯絡的名字，時時刻刻地想著，倘若有別的方法能讓我跟蘇北辰在一起，不管怎麼樣，我都願意去試試看。

可是，除了想到要把成績考好一點，讓蘇北辰從馮英柏的成績單上看見我的名字之外，我再也想不到其他的辦法。

我只能用如此卑微的方式，安慰自己這樣也能離蘇北辰近一點。

「那個人到底有什麼好？讓妳這麼喜歡他？」小貂用一種很不可思議的眼神看我，像是在看稀有動物，「還有人能比馮英柏更好嗎？要不是我有阿空了，我都想跟他在一起呢，妳不知道馮英柏——」

「小貂。」班長忽然走了過來，揉了揉小貂的頭髮。

小貂一臉做錯事被抓到的樣子，吐了吐舌頭，仰頭對班長說：「我只是想，馮英柏默默做了很多事，黛穎又不知道，他這麼委屈，一點用都沒有。」

我追問：「馮英柏做了什麼？」

「我答應他不會說的。」班長不疾不徐地開口，「雖然我贊成小貂，但既然答應過他，我就不會說。」

小貂嘻嘻笑了幾聲，「可是我沒答應他啊，我可以說。」

班長眨了幾下眼睛，倏地站起身，「我什麼都不知道，我回去解題目。」

我無言，這樣也行？

你這默許的態度，還敢說你已經答應了馮英柏？

我嘆了口氣，「妳說吧。」

「妳知道妳在校慶收到的那三束花，最後都怎麼處理了嗎？」

我回想一下，「馮英柏不是說都拿去賣了？」

「哪是啊，他送人了，送給每一個來買花的人，那幾束花，他可是用售價買的，不是成本價。他說要送給妳的花，怎麼能用打折品。」小貂看著我，「其實就算是打折，品質也沒有什麼差別，但他就是堅持要用校慶的定價去買。」

我沉默，小貂見我沒反應，繼續說：「即便妳都不和他說話，每天放學後，馮英柏還是會跟在妳後面送妳回家，再孤單地搭捷運回去，而且，他私底下拜託阿空多照顧妳，尤其要盯著周筱秋，不要再讓她有機會暗算妳。」

我努力從乾啞的喉嚨裡擠出聲音，「他幹麼這樣，我們又不是不同班，周筱秋做什麼事，他哪會不知道？」

「所以我才說，他是眞的喜歡妳，這個問題，我也問了。」小貂吸了口飲料，「他說，妳現在不想要他靠近妳，他不願讓妳不開心所以盡量遠離妳，又怕自己保護不了妳，所以拜託阿空幫忙，因爲在那個班上，除了他，妳就是跟阿空最熟了。如果發生什麼事，至少，他不會被蒙在鼓裡，他可以幫妳。」

我鼻酸地說不出話，看著路上疾駛而過的車輛，只覺得想哭。

馮英柏，對不起。

我讓你這麼難受，你卻總是……想保護我。

我安靜了好一會兒，突然聽見班長的聲音傳來，「小貂，妳還不進來念書嗎？」

「等等就來！」小貂喊了一聲，把已經喝完的飲料空罐扔進垃圾桶裡，走到我面前，「我不知道妳喜歡的那個人是誰，可是我覺得，至少妳可以不要用這種冷淡的態度對馮英柏，他待妳這麼好，好到我們都為他心疼。」

我張口欲言，卻無言以對。

我也有我的苦衷，可是卻不能說出我的理由，馮英柏還有其他人為他心疼，可是我呢？

「當然啦，我也不是說妳一定要和馮英柏在一起，我只是希望妳可以好好跟他說話，不要連朋友都做不成。」

小貂留下這句話，便走進圖書館裡。

我一個人坐在原處，覺得委屈，但同時，我也對馮英柏的感覺感同身受。喜歡一個人的時候，心緒總是會被對方的一舉一動所牽動，我有多難受，他就有多難受。

我一待，就待到了閉館時間，聽見圖書館的廣播聲響起，我匆忙進去準備收拾東西，卻發現桌上散落的文具跟課本，都已經被擺放得整整齊齊的，我只需要收進書包裡就好。

我無暇深思是誰幫我整理的，清點完物品，便一股腦地全塞進書包裡，跑出圖書館後，才發現班長和小貂在一旁等我。

「對不起，我不知道你們在等我。」

班長把我的書遞給我。

「詳解都用便利貼貼在題目下面了，如果妳看不懂，明天再問我。」他說。

我翻了下筆記，裡面每個我不會的題目都有了解法，甚至還寫了解題的小訣竅。

看著看著，我不禁一愣。

「這好像不是……」你的筆跡。

話還沒說完，我忽然頓悟了，這是馮英柏寫下的詳解。

班長看見我的遲疑，笑了下，「就是妳想的那樣，好了，小貂，該回家了。」

小貂握了握我的手，「明天見。」

我勉強笑著跟他們道別，卻沒有立刻離開，左右張望了一會兒，才看見馮英柏的身影。

他站在不遠處，發現我正看著他，也不閃不躲，回望著我。

我走上前，問：「你爲什麼要對我這麼好？」

「我高興、我樂意、我願意。」他開口。

我已經想不起來，我有多久沒跟他說話了。

「就算我對你這麼不好，你也甘願？」

馮英柏抬起手，想拍拍我的頭，但最後還是收回了手，「妳對我不好嗎？妳只是不想回應我，其實，該說的話妳都跟我說過了，是我放不開手。我不怪妳，我只怪我自己。」

路燈的燈光灑在他半邊臉上，我突然驚覺，才短短幾個月，他好像已經不是我剛開始認識的那個人了。

「走吧，我送妳回家。」馮英柏淡淡地說。

我站在原地，定定地看著他。

那一瞬間，我真的想過，不然就這樣跟馮英柏在一起好了，他對我這麼好，如果跟他交往，應該會很幸福吧？

可是，我可以欺騙他，卻不能欺騙我自己。

我很清楚明白，我只喜歡蘇北辰，不管馮英柏有多優秀，不管他對我有多好，結果都一樣。

「詳解是你寫的嗎？」

「嗯，妳要是不會再問我。」馮英柏凝視著我，「妳要和我言歸於好了嗎？」

「我們從來沒有吵架，怎麼算得上和好？」

「也是。」他同意，神情難掩疲憊。

看著他，我彷彿看見了我自己。

這種顯而易見的無力感，是不是就像我在蘇北辰身上所感受到的一樣？不管怎麼做，都不對。

不管怎麼做，他都不會喜歡上我。

在腦中打轉的話，最後成了一聲嘆息。

馮英柏，對不起，我沒有辦法跟你在一起。

對不起，我不喜歡你。

他見我久久不語，又說：「妳不用太有壓力，我就當作是幫忙同學解題而已。」

我點點頭，不禁自嘲，「其實我是得了好處的那一方，我根本也沒什麼好說的。」

「我不希望妳這麼想。」馮英柏嚴肅地看著我，「不是被喜歡的人就一定會覺得幸福，我是想幫妳的忙才這麼做，並不是希望妳回報我什麼。」

我低頭，呼了口長氣，「你這麼好，對我來說就是一種壓力。」

「匹夫無罪，懷璧其罪。」馮英柏淡淡一笑，「妳怪不了我，我這是基因良好。」

我忍不住笑出聲。

「該走了吧？」馮英柏看了眼手錶，「說真的，妳完全不用在意，就把我當普通朋友對待。」

馮英柏和我安靜地往捷運站走去，我們之間好像隔了一堵看不見的牆。

雖然我知道自己不應該遷怒他，但蘇北辰確實是因爲馮英柏才疏遠我，儘管我極力壓抑，心裡卻多少還是對馮英柏有怒氣，覺得要是我從來不認識他就好了。

可是就連我自己，都認爲這樣的想法太過分了。

他根本沒有做錯什麼事情，也完全無可挑剔，是我自己出了問題。

最後我們默默搭上捷運，回到各自的家裡。

✦

「黛穎，考完試了，妳要不要和我一起去找小貂吃飯？」

段考的最後一天，學校照例下午是放假的，這次我們考試的時間剛好跟小貂學校一樣，於是班長才會這麼問。

我笑了起來，「不要，誰要去當電燈泡啊？」

「電燈泡又不是只有妳，一起來啊。」

我看向正在和別人講話的馮英柏，還是搖了搖頭，「不用了，我想去別的地方。」

「妳要去哪？」

我想去找大師兄問蘇北辰的近況。

這話我在心裡想著，嘴上淡淡地說：「沒有，只是想四處逛逛，如果沒事的話，就去看個電影，然後回家。」

「這樣啊……」班長有些不死心，猶豫了幾秒鐘，下定決心地問：「不然我們一起去看電影？」

我笑著拍了他一下，「你女朋友是小貂，不是我，你說這種話也不怕被人誤會？難得的假日，你犯不著硬要拉上兩個電燈泡。」

班長嘖了兩聲，「還是妳貼心。」

我就知道，一定是馮英柏要他來問的，『反正，我今天有別的安排，你就這麼跟他說吧。』

班長點點頭，回頭看了眼馮英柏，小聲對我說：「謝啦。」

「不用客氣。」我壓低聲音，「是我不好，造成你們的困擾。」

「別說這種話，其實小貂也很喜歡妳的。」

「客套話就免了，我都懂。喜歡歸喜歡，但偶爾還是需要享受一下兩人世界。」我背起書包，「我先走了。」

秋天已悄悄到來，天氣雖然還很炎熱，但街道上的落葉卻多了不少，風一吹，那些枯黃的葉子便隨風飄揚。

我搭上捷運，來到蘇北辰的學校，在附近吃了碗麵，才傳訊息給大師兄，問他下午有沒有空跟我見面。

大師兄很快就答應了，並跟我約好了時間，吃完午餐後，我慢吞吞地走進學校裡，距離我和大師兄約定的時間還有一個多小時。

我想找個地方待一會兒，卻不由自主地走到社辦外。

我遠遠看著，心臟卻開始劇烈跳動。

好希望下一秒，蘇北辰就會出現在我面前。

我站在牆邊，過沒多久，看見蘇北辰從社辦裡走出來，我感到一陣欣喜的同時，卻看見Apple跟在他後面，兩人不知道說了什麼話，蘇北辰笑得眼睛都瞇了起來。

我的胸口忽然充滿難以言喻的憤怒。

似乎只有我對於我們不能在一起這件事感到難受，雖然蘇北辰也曾爲此黯然神傷，但他其實沒有這麼喜歡我，所以才能輕易地放棄了我，才能很快就振作過來。

跟馮英柏一點關係都沒有。

他只是，沒有這麼喜歡我。

我抿緊雙脣，轉身要走。

不喜歡我的話，直說就好了，爲什麼還扯馮英柏進來，讓我對這一切都感到這麼無能爲力，結果到頭來，才發現這一切不過僅是藉口。

「黛穎！」喊住我的人是Apple，「妳怎麼在這裡？」

我哂笑，面對他們，冷冷地看向蘇北辰。

「妳蹺課了嗎？」Apple走上前來，「妳是不是有事要找蘇北辰？」

我的語氣毫無起伏，「我沒什麼要跟他說的。」

「妳在生氣？」Apple皺著眉，「發生了什麼事？」

「沒事，我先走了。」

「等等。」蘇北辰走過來，「妳……」

我沒作聲，等著他的下文，可是胸口疼得這麼厲害，我只能咬著牙，怕一開口，就說出什麼傷人的話。

「我看你們有話要說，那我先走了。」Apple笑著拍了下蘇北辰的手臂，對我點點頭，隨即離去。

我忽然無比羨慕她。

她和蘇北辰交往過，儘管已經分手了，現在還是能跟他笑著談天，即便成了朋友，他們未來還是有可能繼續在一起，可是我呢？我只能一個人愛著蘇北辰，我不曾擁有過他，到最後甚至跟他連朋友都當不成。

爲什麼Apple可以得到這麼多好處，我卻什麼都沒得到，甚至連僅有的都失去了？

「妳是來找我嗎？」蘇北辰問。

我冷笑，「我爲什麼非得是要來找你？在這裡我只認識你嗎？我不能來找其他人嗎？說不當朋友的人是你，那麼爲什麼你還會以爲我來這個地方是要找你？你是不是把自己想得太重要了？」

我看見蘇北辰皺起眉頭，心裡微微一緊。

因爲不能只有我一個人痛苦，所以我逞了一時口快，可是爲什麼我現在一點都不覺得快樂？

我背對他，走了幾步，然後停下來。

我知道蘇北辰還站在原地，我沒有聽見他離開的腳步聲。

我討厭自己，很討厭自己，我也想像Apple一樣，瀟灑地說走就走，可是我卻邁不開腳步。

我已經許久沒看見蘇北辰了，爲什麼我還要和他吵架？

這麼一想，我轉過身看著蘇北辰，走到他面前，用力地抱住他。

「蘇北辰，對不起，我不是故意要說這些話，可是看到你跟Apple這麼要好的樣子，我忍不住。」我把臉埋在他胸口，「我不想跟你吵架，可是那些話就是忍不住脫口而出。」

蘇北辰摸著我的頭，順著我的頭髮。

他什麼都沒說，幾秒鐘之後，輕輕把我推開。

「妳誤會了，我和Apple沒有什麼。」他淡淡地說。

我很失望地看著他。

「蘇北辰，我喜歡你。」我對他說，「不是依賴，就是很喜歡你。」即便你把我推開，我還想跟你說清楚，也還是想待在你身邊。

蘇北辰退了一步，「我知道了。」

我張口欲言，卻聽到他說：「沒事的話，我要去忙了，再見。」

他離開的背影是那麼堅決，讓我連伸手拉住他的機會都沒有。

我只能看著他漸漸走遠，漸漸離開我的視線。

我呆呆地站了一會兒，閉了閉眼，深吸一口氣，平復自己的情緒。

「原來妳喜歡的是我哥。」

馮英柏的聲音忽然從我背後傳來，我錯愕地回頭看著他。

「妳跟我哥……」他想了想，「看樣子他沒打算要和妳在一起。」

「你到底想說什麼？」我屏息，突然想到了什麼，「你跟蹤我？」

「我就猜妳今天一定是想去找妳的家教，才拒絕了班長的邀約，但怎麼也沒想到，妳喜歡的人，妳的家教，就是我哥。」馮英柏用一種很疏離的語氣說：「妳是什麼時候知道的？」

「知道什麼？」我瞪著他，「知道你是他弟的事情嗎？就在校慶那天，他撞見你向我表白後，開始疏遠我，我跑去追問他原因才知道的，因爲你，你哥決定再也不和我聯絡，他說他不能喜歡我。這樣你滿意了嗎？」

馮英柏笑了幾聲，「不要用那種受害者的口氣說話，畢竟從頭到尾被蒙在鼓裡的人是我！」

「那關我什麼事？我有義務要向你交代這件事嗎？你怎麼不回去問你哥怎麼不敢告訴你，他不能喜歡的人是我。」我被馮英柏氣得腦中一片空白，「你以爲只有你受害嗎？不，你頂多就是什麼都不知情而已，你知道這段日子，我是怎麼面對你的嗎？明明知道你就是害我不能跟蘇北辰在一起的罪魁禍首，我卻不能責怪你，因爲你對我這麼好，全世界都覺得是我錯了，每個人都覺得我應該要跟你在一起。」

我吸了幾大口氣，看著張口無語的馮英柏。

「受委屈的人到底是誰？你現在還敢來怪罪我？」我對他吼出這句話後，便拔腿就跑。

太陽還是這般炙熱，我卻清楚地感受到，秋天已經來了，帶著鋪天蓋地的寒意，迎面而來。

馮英柏會去問蘇北辰嗎？還是打算裝聾作啞呢？

如果蘇北辰知道這件事，他會有什麼反應？他會怪我嗎？

我腦中盤旋著他們兄弟兩人的身影，整個人渾渾噩噩的，連怎麼回到家裡都不知道。

我原以爲自此之後，馮英柏不會再喜歡我，或者，至少不會再對我好，又或者，我們會像陌生人一樣，擦肩而過卻一句話也不說。

沒想到，他反而變本加厲，猛起來追求我。

本來我對他心有愧疚，然而現在，這樣的他卻讓我心生嫌惡。

他每天早上固定準備一杯飲料，下午一份點心，大剌剌地擺在我桌上。

我曾好聲好氣地請他不要這麼做，或是把那些東西放回他的桌上。

可是這些方法都沒有用，他只會換另外一樣東西送，像是一種測試般，被退回去的，他都認定是我不喜歡的，從此不會出現在我桌上。

一個月後，我終於受不了，在期末考前的自習課結束後，當著全班的面毫不客氣地問：「馮英柏，你到底是什麼意思？」

他笑嘻嘻地站起身，「我在追妳，都持續一學期了，妳還不知道嗎？」

他的坦率，讓班上的人都爲他鼓掌叫好，不知道是誰在一旁喊：「在一起！」

我盡量不去理會那些聲音，皺起眉頭，很不高興地問；「我跟你說過了，我不需要這些東西，你不要再送了。」

「那妳告訴我，妳喜歡什麼。」他不大正經地笑著，「我也可以送妳喜歡的東西。」

「我什麼都不需要。」我很認眞地說，「只要你不要再這樣下去，對我來說，就是天大的禮物。」

他想了想，露出了一個很浮誇的表情，「如果這些都不做，我怎麼追得到妳？還是妳現在就要答應我了？」

我不可置信地看著他，他明明知道我心裡是怎麼想的，爲什麼要這麼問？

馮英柏沒有閃躲我的目光，我發現他的眼裡完全沒有笑意。

「你在報復我嗎？」我咬牙問。

「怎麼會呢？我這麼喜歡妳。」他笑，「更何況，我有什麼理由要報復妳？」

我猜不出來，也不知道他心裡是怎麼想的，我只知道面前的這個人，令我看不穿。

我盡量心平氣和地說：「你不要這樣好嗎？」

「哪樣？」他俯下身，湊到我面前，「不要喜歡妳嗎？那妳……」他冷笑了聲，用很輕的聲音說：「可以不要喜歡我哥嗎？」

我倒抽一口氣，他果然是在報復我。

我瞪著他，他望著我，最後是我敗下陣來，一語不發地走出教室。

他有什麼資格報復我？我從來沒有對不起他！

我越想越氣，腳下的步伐越來越快，我跑出大樓，還沒想到要去哪裡，馮英柏便追了上來，猛力握住我的手臂。

「我哥到底有哪裡好？我爲什麼不如他？」

他的怒吼，引來附近學生的注目。

我斂下眼眸。這個問題的答案，我也想知道。

這些日子，蘇北辰從來沒聯絡過我，從期中考到期末考，他完全不理會我，儼然把我拋在腦後，這樣的人，到底哪裡好？

我忍不住落下委屈的眼淚，見我哭了，馮英柏卻跟一頭受傷的野獸一樣暴躁，眼裡都是不可置信。

「妳是爲了什麼而哭？是爲了他嗎？那我這麼對妳，妳爲什麼不哭？我在妳心裡一點都不重要嗎？」

我搖搖頭，淚如雨下，「我不知道他有哪裡好，可是我只喜歡他。如果可以，我也想喜歡你，但我……」

馮英柏話音沙啞，「妳知不知道這對我來說有多殘忍？」

我咬著下脣，哽咽問他：「馮英柏，那你知不知道你對我有多殘忍？」

這一場災難，我們都無一倖免。

我把手臂從他鬆開的掌心中抽開。

「結束這個荒謬的鬧劇吧。」我退了一步，含淚看著他，「從此之後，我跟你哥無關，跟你也無關，這樣好不好？」

「為什麼？」他追問，「我究竟做錯了什麼？」

我用力搖頭，沒辦法回答他的問題。

我不知道，只知道我迫切地需要離開這個地方，所以想也不想便轉身離開，我跑到校門口，在綠燈的最後一秒越過馬路，突然間，身後傳來極大的撞擊聲，我回過頭，發現馮英柏倒在馬路中央，鮮血沾滿了他的制服，還有他的臉。

我腦袋一片空白，在我反應過來之前，人已經跑到他的身邊。

撞倒馮英柏的駕駛蹲在我旁邊，顫抖著問：「你們……你們……是怎麼回事！」

我無暇顧及他，跪坐在馮英柏身旁，吐露出來的話語支離破碎，「你、你哪裡痛，哪裡在流血，我幫你、幫你止血！」

馮英柏緩緩握住了我的手，「黛穎，妳會為我而哭嗎？若是我死了，妳會永遠記得我嗎？」

我的眼淚掉在他臉上，啞著嗓子大吼：「馮英柏！你這個王八蛋，你休想用這種方式勒索我！我不會，絕不會記得你！」

他聽到我的話，卻笑了，「對不起，我一直、一直想，倘若有、一天，妳喜歡我，就能證明，我贏我哥了。我會、證明，我比他、更適合妳。」

他斷斷續續地說著，我仍哭個不停。

「不要說了，救護車、救護車就快來了，你有什麼話，等好了再說，你如果出事了，我一輩子不會原諒自己，我也不會原諒你！我會馬上跟你哥在一起，我要你嫉妒我們一輩子！」

我已經不知道自己在說什麼了，慌張地左右張望，其實我根本不知道有沒有人打電話求救，我看見校門口有幾個老師的身影，只能猜想他們已經叫救護車了。

馮英柏抬起手，輕撫我的臉，「對不起，我不想讓妳不快樂，可是，要是、妳一輩子不原諒我，我……」

他的話還沒說完，手就突然無力垂落。

他最後想說什麼？

馮英柏想說的，到底是什麼？

我腦子裡亂成一團，在混亂之中，救護車很快就抵達現場，老林陪著我們到了醫院，在馮英柏送進手術房後，去聯絡他的家人。

我一個人坐在手術室外的椅子上，不知道事情爲什麼會變成這樣。

自從我來到這城市後，每一件事都超乎我的想像。

「黛穎，黛穎！」遠遠地，有人一直喊著我的名字，我抬起頭，看到小貂和班長跑了過來。

我看著他們，一語不發。

「天啊！」小貂蹲在我面前，拿出面紙擦著我的臉，「妳受傷了嗎？怎麼臉上都是血？」

我想了幾秒鐘，緩慢地搖頭，「我沒有受傷，這是馮英柏的血。」

小貂鬆了一口氣，「妳還好嗎？」

我偏著頭，不太明白這個問題是什麼意思，我會不好嗎？被車子撞倒的又不是我，在手術室裡的也不是我，我怎麼會不好呢？

我沒有說話，不知道該怎麼回答她。

或許我的沉默嚇到小貂了，她居然哭了起來，「妳不要這樣，我帶妳去洗把臉，好不好？」

她伸手拉我，我抽回了手，「我要在這裡等馮英柏出來，他沒有把話說完，我不能走。」

小貂愣了一下，「他跟妳說了什麼？」

我喃喃低語，「他的話說到一半，我不知道他想講什麼，我要親自問他，我要他親口回答我。」

小貂又大哭起來，她的哭聲迴盪在整個走廊，那麼淒楚，那樣悲傷，可是爲什麼，我卻什麼感覺都沒有。

「小貂，小貂。」班長把小貂拉起來，「我們去買熱飲給黛穎，還有濕紙巾，妳別哭了，不要添亂。」

我木然地看著班長，「小貂沒有添亂。」

班長靜靜地看著我好幾秒，最後什麼也沒說，拉著小貂離開。

他們一走，四周瞬間安靜下來。

我看了一眼手術室外亮起的紅燈，深吸口氣，醫院裡森冷的冷氣瞬間竄入鼻腔裡，我好像清醒了點。

「黛穎。」

我轉過頭，是許久未見的蘇北辰，還有他爸媽。

我應該稱呼他們蘇爸爸、蘇媽媽，還是馮爸爸、馮媽媽？算了，還是叫伯父伯母吧。

我腦子裡胡亂轉著些不著邊際的念頭，站起身，低聲說：「馮英柏還在手術中，要等一等。」

他父母一看到我，表情有些震驚，可能是被我憔悴的樣子嚇到，伯母走到我面前，「妳……」

「媽，我相信她什麼都不知道，妳沒看她一身狼狽，大概也受到不少驚嚇。」蘇北辰開口。

我不知道他是什麼意思，其實我什麼都知道，馮英柏是因爲跟我吵架才追著我過來，所以才被車子撞到，都是我的錯。

伯母好像接受了蘇北辰的說法，拍了拍我的肩膀，在一旁的椅子坐下來。

「我帶她去洗把臉，她一直守在門前，恐怕沒注意到自己的樣子。」蘇北辰慢慢地說。

「我不去，我要在這裡等。」我拒絕了他的提議。

「去吧，洗一下臉再回來，很快的。他一定會沒事的，妳放心。」伯母居然還安慰我，她不知道都是我害馮英柏躺在手術室裡。

蘇北辰握著我的手臂，把我拉了起來，「我們等等就回來。」

他有點半強迫地拉走了我，我抬頭看了他的側臉一眼，腦海裡忽然浮現馮英柏說的話。

來到洗手間門前，蘇北辰問：「妳要自己進去，還是我陪妳進去？」

我慢慢地眨了下眼，轉身走進女廁。

鏡子裡的我真是狼狽不堪，臉上血跡斑斑，白色的制服衣襬沾滿了乾涸的血液，我的手上，都是馮英柏的血。

我打開水龍頭，把手跟臉都洗乾淨，看著鏡子裡頭面色蒼白的自己，什麼想法都沒有，像是一個沒有任何感覺的木偶一樣。

蘇北辰忽然走了進來，把他身上的外套遞給我，「妳的制服太髒了，妳脫下來，先穿我的外套。」

我沒有伸手接過，只是看著他。

「蘇北辰，爲什麼會變成這樣？」我問，「在你決定要放棄我之後，我們不是應該要過著幸福快樂的日子嗎？至少你是這麼想，才會做出這種決定吧？可是，爲什麼沒有？」

我閉起眼睛，嚥了口口水。

「爲什麼？」一股酸楚湧上我的心頭，「我們會變成現在這樣？」

蘇北辰垂下眼眸，「妳不要把事情想得太糟糕，妳當場看見了車禍，心裡又驚又懼是難免的……」

我聽不懂他在說什麼，卻渾身顫抖。

如果馮英柏就這樣死了怎麼辦？

他死了，我們怎麼辦？

我的眼淚猝不及防地掉了下來。

「妳先換上衣服，我們去手術房外面等著吧。」蘇北辰把外套塞進我懷裡，「不管發生什麼事，都不是妳的錯。」

我吶吶，「那是誰的錯？你的錯嗎？」

「……我會去找行車記錄器跟校門口的攝影機，看看是哪邊的責任比較大。」蘇北辰很冷靜地回答我的話，他還是跟以前一樣，不管發生什麼事，都這麼冷靜自持、置身事外。

「蘇北辰，那是你弟弟！」我大喊，「你放棄我，不就是爲了他嗎？你能不能多一點表情，多一點情緒！不要一副事不關己的樣子！」

「孫黛穎，妳期待我怎麼做，打妳一巴掌，怪妳不應該和我弟吵架，不應該冒險穿越馬路，害我弟追著妳過去，還是怪老天爺不公平，這世界上闖紅燈的人千千萬萬，爲什麼車子偏偏撞到我弟？」蘇北辰大吼，「如果這就是妳想聽到的話，那妳滿意了嗎？」

我呆愣地看著他，「……原來你都知道？」

「我都知道，老師打電話來的時候，我正好在家，是我接的電話。」蘇北辰疲憊地抹了把臉，「把衣服換上吧。」

我輕聲道：「你……怪我嗎？」

「現在說這些都於事無補。」蘇北辰深吸了口氣，「倘若妳沒有意見，我想快點回到手術室外。」

我僵硬地點點頭，緩慢地走進隔間，換下沾滿血跡的制服。

穿上蘇北辰外套的那一瞬間，衣服的香氣撲面而來，是他的味道。

我怔愣了幾秒，剎那間，我彷彿以爲自己回到了故鄉，可是下一秒，就被洗手間裡刺鼻的消毒水氣味給拉回現實。

我拉開門，沉默地走出去。

回到手術室外頭，小貂、班長還有老林都回來了，見我換了身衣服，老林只是看了我一眼，什麼話都沒說。

小貂走了過來，「臉洗乾淨就好，妳剛剛嚇死我了，喝點熱飲吧？醫院冷氣這麼強，別凍僵了。」

小貂把熱飲塞到我手中，我愣愣地說：「謝謝。」

「妳的臉白得像鬼一樣。」她說完之後，才驚覺自己身在醫院，不能說這麼忌諱的話。

她下意識地吐了吐舌頭。

「時間晚了，我得先回家，所以……」小貂看了身後的那些人，「妳還要待在這裡嗎？」

我嗯了一聲，「沒看到馮英柏出來，我不能回家。」

小貂表示理解地點了點頭，她握住我的手，暖意從她那頭傳到我掌心裡，「放心，馮英柏會沒事的。」

我勉強勾了勾嘴角，「希望如此。」

老林交代完班長一些事後，班長才走到我們身旁，「我和小貂先回家了，如果有什麼事情，妳隨時打手機給我，我今天一整晚會開機，要是馮英柏出來了，妳再傳訊息告訴我情況。」

「你們快回去吧。」

「我知道了。」我點頭，這個晚上，不管有沒有待在這裡，大家的心情都不好過，小貂把剛剛買的東西，連同袋子一起塞進我手中，「我看妳什麼都沒帶，所以每樣東西都買了一點，妳不要客氣。手機有帶嗎？要不要我的先借妳？」

「不用，我有手機。」我摸了下口袋，手機確實在裡面。

「那就好。」話說完，小貂用力抱了抱我，像是下一秒就會失去我似的。

可能是因爲這樣，我的眼淚都被她擠了出來，落在她肩上，沾濕了她的衣服。

班長也拍了拍我的肩膀，「好了，小貂，我們走吧，再不回家妳爸媽要生氣了。」

我帶著點鼻音說：「趕緊回去吧，有事我會聯絡你們的。」

縱使小貂還有些猶豫，但班長已經拉著她走了。

我找了張椅子坐下來，蘇北辰挨著我坐下，「時間很晚了，妳打電話跟妳爸說一聲吧，別讓他擔心。」

我拿出手機，螢幕上顯示幾通我爸打來的未接來電，明明手機一直都貼身放在口袋裡，我卻居然沒注意到有來電。

是不是越靠近的事情就越不易察覺？因爲我們總是望著遠方，望著那個想去又去不了的地方，所以才會沒注意到身旁的動靜。

我按下回播鍵，電話那頭沒響幾聲，我爸很快就接了起來。

「怎麼還沒回家？」他在手機裡這麼問。

聲音裡沒有半點苛責，而是充滿了關心，我頓時哽咽得說不出話，害我爸著急地連聲問怎麼了。

蘇北辰抽走我的手機，幫我跟我爸解釋。

我抹掉眼淚，覺得尷尬不已，怎麼每次在醫院，都是蘇北辰替我溝通。

我伸手想拿回手機時，蘇北辰走到了老林面前。

他摀著收音口解釋幾句，便把手機遞給老林，老林講了一會兒便掛掉電話，把手機交給蘇北辰。

他回到我身邊，將手機還我，淡淡地說：「等會兒我送妳回去。」

我沒有心情跟他多說什麼，只是點點頭，說了聲：「謝謝。」

他嘆了口氣，接下來，我們誰也沒說話，就是這麼坐著，我不知道時間過了多久，只覺得這一夜是如此漫長難熬。

突然間，手術室的門開了，我們一擁而上，醫生拉下口罩，沉默幾秒，強烈不安的預感溢滿了我的心頭。

「情況很不好，你們進去看看他吧。」

我退了一步，腦子像是被雷劈到一樣，失去思考的能力，這時伯母馬上跟著護士跑到馮英柏的床邊。

我踉踉蹌蹌地走了幾步，卻不小心跌了一跤。

蘇北辰抓著我的肩膀，把我提了起來，「還好嗎？」

「還好。」我握住他的手，嘗試站穩，「我要去看他。」

蘇北辰一手握著我，另一手扶著我的肩膀，帶著我一起往前走。

到了床邊，伯母已經泣不成聲，一直安靜無語的伯父也老淚縱橫，就連老林都忍不住擦眼淚。

馮英柏還昏迷著，我站在床角，看著他的臉，此時，彷彿是感覺到我來了，他緩緩睜開了眼睛。

伯母啞著嗓子跟他說了許多話，我卻連一句話都說不出口。

難道狀況好轉了？可是醫生說情況很不妙，他現在是不是……迴光返照？

我咬著脣，眼淚不停地流下，像是一場沒有盡頭的雨，我不知道該怎麼讓這些淚水停下。

馮英柏朝我抬起手，這時伯母才注意到我也在這裡，她很詫異地看向我，然後讓了開來。

我走上前，握住馮英柏的手，他對我吃力地笑著，嘴巴微微張開，似乎是有話要對我說，我連忙附耳聆聽。

「我跟妳道歉。」他拉住了蘇北辰，「你們一定要幸福。」

聽到他的話語，我嚎啕大哭。

馮英柏，你不知道，你哥從頭到尾沒說過喜歡我，全都是我自作多情，是我固執地追逐他的背影，不在乎一直陪在我身邊的你。

我還沒來得及說話，馮英柏突然開始劇烈地喘氣，醫生跟護士都跑了過來，我們被趕到一邊去，看著他們對馮英柏急救、電擊。

最後這一切在那一聲尖銳的儀器聲中，結束了。

醫生退開床邊，看了眼時間，用一種冷漠的口氣說：「死亡時間——」

我撲上去抓著他的領口，哭喊著：「不，他沒有死！拜託你救救他，用什麼辦法都好，他才十七歲，他這麼聰明，以後一定可以考上臺大，拜託你，救救他！救他……」

我跌坐在醫生腳邊，蘇北辰跟護士把我拉到一旁去，醫生重新宣告死亡時間的聲音傳到我的耳中，像刀子一樣刺進我的胸口。

怎麼可能，馮英柏，就這樣……死了。

我不記得我是怎麼考完期末考的，我只記得考試那幾天，整個城市變得好冷好冷，據說是有強烈冷氣團來襲。

馮英柏沒有來考試，班長和老林只跟大家說他還在醫院裡養傷，等到三天的考程結束後，大家才知道馮英柏過世了。

許多人都哭了起來，班上氣氛低迷憂傷，即使沒哭的，也是一臉哀戚以及不可置信。

是啊，我也不敢相信，但我已經沒有什麼感覺了。

像是被包裹在透明泡泡裡，外面的事情都與我無關。

我看著馮英柏的座位，他的課本還放在抽屜裡，學期要結束了，如果不整理的話，就會被當成回收品丟掉。

我默默起身去拿紙箱，開始收拾馮英柏的物品。

放學時分，有些人已經散了，還有些人三三兩兩地聚在一起討論馮英柏的事，班長走到我身邊，問：「妳在幹麼？」

我把書本與一些雜物都裝進箱子裡，「幫馮英柏打包東西，送到他家去，這也算是遺物了，他媽媽應該會想保留起來吧？」

後面忽然傳來一聲巨響，我回過頭，看到周筱秋踢翻桌子，衝到我面前來，抽了我一巴掌。

她的動作太快，大家都猝不及防，我嘴裡瀰漫著血的味道，耳邊響起班長大吼的聲音，「周筱秋，妳幹麼!?」

「這樣妳高興了嗎？」周筱秋被人架著，她像頭猛獸般怒視著我，她的眼睛發紅，眼淚懸在眼眶上。

「馮英柏這麼喜歡妳，他對妳這麼好，妳得到了我最想要的人，妳為什麼不珍惜他！」周筱秋朝我大吼：「妳不要以為我們都沒看到，馮英柏就是妳害死的！是妳跟他吵架，才害他出車禍！」

我一手摀著臉，一手抄起書，用力扔到周筱秋身上，「關妳屁事！妳誰啊，就算是我的錯，也與妳無關，妳再怎麼喜歡他，對他來講也不過就是屁！」

周圍的人都安靜下來，瞠目結舌地看著我，我彎下腰，撿起馮英柏的課本，拍掉上面的灰塵。

「如果是馮英柏本人要我去死，我一句話也不多說，不過妳是誰？妳憑什麼？我是跟他吵架了沒錯，但是我開車去撞他的嗎？憑什麼說是我的錯？」我冷冷地說。

「妳有沒有良心？」周筱秋失控地說，「他這麼喜歡妳！」

「眞可惜他喜歡的不是妳，妳不但有良心還見義勇爲呢，你們要是在一起，他一定一輩子不會出任何意外，可以白頭偕老。」

我轉過身去，不再理她，周筱秋被她身邊的朋友架走，我低下頭看著馮英柏的課本，手指微微顫抖。

其實周筱秋沒有說錯，是我一直不懂得珍惜馮英柏。

可是我不喜歡他，如果因爲他對我很好，就跟他在一起，對他而言，不也是另一種糟蹋嗎？

我翻看內頁，發現他課堂上寫的筆記不多，都是隨手做的幾個重點而已。

但我卻在書頁底下，看見了我的名字。

我咬著脣，翻了幾頁，發現幾乎每一頁都寫上我的名字。

手上的課本忽然被搶走，我抬起頭，是班長。

「不要看了。」他淡淡地說，「收一收，我跟妳一起拿過去，妳不知道他家在哪裡吧。」

我點了點頭，默默收拾完東西後，和班長一起離開學校。

在捷運上，周圍的人都開心地交談著，唯獨我和班長沉默不語。

凝滯的氣氛中，班長突然開口：「之前馮英柏對妳展開猛烈的追求，其實我勸過他不要這麼對妳，妳一定不會喜歡的，這樣的作法連小貂都覺得不妥，她可是最支持馮英柏的人，馮英柏卻不知道在跟誰較勁似的，忽然不死不休地咬住這件事不放，他一直都很看得開的，卻堅持要把妳追到手。」

「沒想到，最後你們眞的鬧得不死不休了。」班長啞著嗓子，「也許他不是喜歡妳，只是不喜歡放棄跟輸的感覺。」

我不知道，就像我現在也不知道，自己一直以來這麼執著蘇北辰的原因是什麼？或許得不到的總是最好，所以使我們放不開手。

「妳不要把周筱秋的話放在心上，她本來就不是一個很理性的人，即便跟馮英柏吵架的人不是妳，她也會把事情怪到妳身上。」

捷運飛快地前進著。

我想了好一會兒，才說：「但她說得沒錯，某部分而言，馮英柏是因爲跟我吵架所以才會闖紅燈。」

「妳剛剛回罵周筱秋的時候，還很振振有辭，怎麼現在就認輸了？」班長打趣道，「妳可是戰神。」

我勾起嘴角，卻沒有一絲笑意，「我哪算什麼戰神，我只會闖禍。」

班長笑了聲，又安靜下來。

這已經是我們這幾天以來，最輕鬆的時刻了。

更多時候，我們只是沉默以對，誰也不知道應該說些什麼才好。

過去那段歡樂的時光，彷彿是上個世紀的事。

離開捷運站時，一股冷風突然襲來，我不禁微微一顫。

現在，已經是冬天了，沒有馮英柏的冬天。

我們走到了馮英柏家，他們家門口已經架起靈堂，班長按了門鈴，沒多久，門被打了開來。

蘇北辰看見我們，似乎愣了一下。

他接過班長手中的紙箱，柔聲問：「你們吃午餐了嗎？」

班長搖搖頭，「我們都還沒，不過我等等有約了。」

蘇北辰的目光轉向我，「那……」

我低下頭，「沒關係，我不餓。」

「我有點事想問妳。」蘇北辰頓了下，「如果妳有空的話，一起去吃個飯吧。」

我抬起頭看著他，想不出來他有什麼事要問我。

班長見狀，便說：「既然如此，那我先走了，麻煩你再告知我喪禮的時間，我想來送馮英柏最後一程。」

蘇北辰點頭，兩人交換了手機跟LINE，班長離去前看了我一眼，我對他揮了揮手，「路上小心。」

「嗯，你們也是。」

班長走後，蘇北辰說：「妳在外頭等我，我把東西放著就出來。」

我嗯了聲，走到外面去，看著他們家，陷入思緒裡。

馮英柏就是在這個家裡長大的，他們家的家境真的很好，能夠在臺北買下一幢透天房屋，想必經濟狀況應該很不錯。

不論是他或是蘇北辰，身上都沒有紈褲富二代的氣息，也算是少見了。

「走吧。」蘇北辰帶上了門，「天氣很冷，吃火鍋好嗎？這附近有一間還不錯的火鍋店。」

我點點頭，安靜地跟在蘇北辰身後。

到了火鍋店，剛好用餐的尖峰時間已經過了，雖然我們沒有訂位，但還是有位子可立刻入座。

點好餐後，蘇北辰才開口：「這幾天睡得好嗎？」

我愣了一下，搖了搖頭。

他點點頭，「看得出來。」

我劈頭就問：「你找我有什麼事？」

「只是想帶妳來吃飯，妳看起來就是一副沒有好好吃飯、睡覺的樣子。」蘇北辰理所當然地說。

我勾了勾嘴角，「你人眞好。」

口。

蘇北辰眉頭微蹙，像是不習慣我這般尖酸的口吻，但他沒說什麼，端起飲料喝了一口。

「我是有問題要問妳，不過還是等我們都吃飽再說。」蘇北辰淡淡地解釋，「妳犯不著跟我這麼針鋒相對。」

我垂下眼眸，即便心裡很生他的氣，事實上我更氣的是我自己，直到現在，我都還在想，是不是一定要等到出事了他才要見我，如果死的是我，不是馮英柏，我們早就沒有機會說上半句話。

所以我無法控制話語裡的尖銳。

我一面想著，一面又覺得我眞是個爛人，馮英柏才過世三天，我還記得跪坐在路邊時，馮英柏的手撫過我臉頰的感覺，怎麼這一刻，我還有心情想著和蘇北辰之間的事情。

我喝了口茶，沉默地看著桌面上還沒擺上火鍋的爐子。

「我記得妳以前有很多話可以說，怎麼現在變得這麼安靜？」

我過了半晌，才回答：「很多事情，在你離開之後都變了。」

明明是你先決定要拋下我，現在怎麼還敢問我怎麼了？

難道我可以說，都是你的錯嗎？是你讓我變成現在這個樣子，是你讓我對你無話可說，因爲我不知道坦承相對後，你會不會又再次將我推開。

何況，現在你拒絕我的理由還怕沒有嗎？

服務生將火鍋端上桌，鍋裡冒出了熱騰騰的白霧香氣，彷彿隔開了我與坐在對面的蘇北辰，我覺得這樣很好，也許離得越遠越好，直到我看不清楚他的模樣，漸漸地就會忘記他的長相，他跟馮英柏，最後都會消失在我生命裡。

像是我對馮英柏說的，從此之後，我跟蘇北辰沒有關係，跟他也沒有關係。

我慢慢吃著，可是眼淚卻流了下來。

我還記得馮英柏嘻嘻笑笑的樣子，我還記得他在課堂上跟老林插科打諢的模樣，我還記得他在洗手臺前，氣憤地說他怕他保護不了我的神情，我還記得他捧著三束花，站在我面前，一臉期待地看著我。

可是我一次又一次地傷害了他，傷害了這世界上跟我沒有任何血緣關係，卻對我最好的人。

馮英柏，你一定是故意的，你知道你就這樣離開後，我會記得你一輩子。

我哭到吃不下任何東西，只能摀著臉，任憑淚水流下。

我一直到現在才知道，不是聲嘶力竭的哭喊，才算得上是悲傷。

蘇北辰一句安慰的話都沒說，只是默默地吃著東西，等到我平靜下來，才說：「再吃點吧，不吃東西，對身體不好。」

我拿起筷子，隨便吃了幾口，味如嚼蠟。

蘇北辰見狀也不再多說什麼，拿起帳單去結帳，我把飲料喝完，來到他身邊，兩人一前一後離開了火鍋店。

我用哭過的嗓音問：「你到底要跟我說什麼，現在可以說了。」

蘇北辰看著人來人往的街頭，有些遲疑，「在這裡？妳確定？」

我已經不耐煩了，就算他是蘇北辰，現在我也不想再跟他多相處一秒，看見他，我總會不由自主地想起馮英柏。

我停下腳步，「你說吧。」

蘇北辰深吸一口氣，「我要問妳，我弟死前，跟妳說了什麼？」

我吃驚地看著他。

「我去學校調閱校門口的監視器，看到他不停跟妳說話。」蘇北辰用力握住我的手臂，「不管他說了什麼都沒關係，妳告訴我，我只是想知道。」

我退了一步，抿緊雙脣。

他的手箍得我生疼，可能是感覺到我的掙扎，他的力道輕了點，卻沒有要放開我的意思。

可是我不想說。

我怎麼能告訴他，馮英柏最後跟我說的是，他以爲如果他跟我交往，就能證明他贏了蘇北辰。

直到現在我也搞不清楚，他說這話到底是什麼意思，是不是他其實不喜歡我，純粹是想跟蘇北辰較勁而已？

可是蘇北辰聽見這話，會有多傷心？

蘇北辰為了他，放棄了我，馮英柏卻僅僅是想證明自己比他強，所以卯足了勁地追我。

我別過頭，「我不想說。」

蘇北辰依然握著我的手臂，「妳不想說，我不能逼妳，我只是想知道我弟有沒有什麼願望，我能替他去完成。」

我忽然覺得荒謬好笑，馮英柏的願望就是希望能跟我交往，難道他要代替馮英柏去達成心願嗎？

即便他願意，我也不願意，我到底是什麼東西，讓那兩人這般推來搶去的，他們有誰問過我的意願，考慮過我的感受？

我使勁把手抽出來，「你不會替他做的。」

「妳說說看。」他頓了一會，「不管會不會，應該是由我決定。」

那一瞬間，我大概是理智斷了線，那些話就直接脫口而出，帶著我的惡意，傳到了蘇北辰耳中。

看見他不可置信的表情，我落荒而逃。

蘇北辰，對不起，我真的不是故意的。

✦

告別式當天，班上的同學都來了，還有許多其他班的人到場，馮英柏的好人緣，讓他在最後一程，走得不孤單。

儀式開始沒多久，就有人斷斷續續地哭著，我坐在小貂身邊，面無表情。

一整個早上，我們在禮儀公司的指引下鞠躬、捻香。班長代替我們上臺跟馮英柏告別，恍惚之間，我好像看到馮英柏的笑臉，可仔細一看，對著我們笑的，是馮英柏的遺照。

照片裡的他，笑得那麼自在，一如我第一天遇見他時的那樣。

如果早知道後來會發生這麼多事，我絕對不會跟他變成朋友，寧可讓他討厭我一輩子，這樣的話，他現在一定人好好地待在學校裡，沒有發生任何意外。

儀式結束後，棺材接著要運往火葬場。

我們本來應該要各自散去，但班長對蘇北辰說，他想跟著家屬一起去馮英柏之後要長眠的地方，小貂自然也和班長一同前往。

於是我們留了下來，蘇北辰答應我們，等一下會回來帶我們過去。所以這段空檔，我們去附近吃個飯，暫且休息一下。

我有一口沒一口地吃著餐點，不時恍神。

「黛穎，那個人妳認識嗎？」小貂搖了搖我，指著不遠處的男子，「他一直在朝妳揮手，妳沒看到嗎？」

我看了過去，是大師兄。

「喔，我認識。」我起身，「我去看看。」

我走到大師兄身邊，他對我粲然一笑，「妳瘦了。」

我愣了愣，完全沒料到他會用這句話跟我打招呼，不過想起大師兄的個性，我忽然覺得，他只是用這麼正常的話當開頭，還眞是爲難他了。

「我方才怎麼沒看見你？」

「妳何止剛剛沒看見我，妳一路上都沒發現到我。」大師兄捧著胸口，「我難過。」

我唯恐他要唱起歌來，連忙出聲打斷，「今天這種場合，你多少還是克制一點吧。」

聽我這麼說，大師兄馬上收斂起自己的戲癮，「妳說得對，在如此沉重悲傷的氣氛下，我不能做這種事。」

「你還眞有自知之明。」

「當然。不過，我有事情要問妳的。」大師兄看了一眼小貂和班長，「妳吃飽了嗎？」

我點點頭，其實我本來就不餓，只不過是爲了不要讓小貂他們擔心，所以才勉強吃了一點。

「那，妳去跟他們說一聲，等會兒我會帶妳去馮英柏的靈骨塔，讓他們不用等妳回來了。」

我點點頭，和班長和小貂說完後，回到大師兄身邊，問道：「你要問的是很重要的事嗎？」

「也不算，我只是有點好奇，所以想問問妳。」大師兄左右看了下，「妳不介意陪我吃點東西吧，我還沒吃，都快要餓死了。」

「好。」

大師兄笑了笑，「爲了答謝妳，我可以請妳喝飲料。」

我不明所以，但也不打算多問，要是眞的弄懂了他的邏輯，大概也離正常人類頗遠了。

大師兄很有興致地對著周圍的店家挑三揀四了一番，最後選了一家平凡無奇的簡餐店。雖然今天是馮英柏的葬禮，不過大師兄的心情似乎沒受到一絲影響，他臉上依舊笑咪咪的，我感受到大師兄身上傳來的正能量，連日來低迷的情緒感覺也好了些。

餐一上桌，大師兄便風捲殘雲地吃了乾淨，然後才問我：「妳跟北極星接下來要怎麼辦？」

我愣了下，「怎麼突然問這種問題？」

「妳也知道北極星一向冷靜自持，連生氣都沒有什麼表情，可是昨晚和他吃飯時，他居然把自己灌醉了。」大師兄一臉不可思議，「你們是不是聊過什麼？」

「說不定跟我沒關係，或許蘇北辰是因為馮英柏過世了，所以心情不好。」我別開眼，不願多說。

大師兄點點頭，「也有可能，所以我才來問妳，說不定妳知道原因。」

「我不知道。」

大師兄的目光打量著我，「不，妳知道。假如妳不知道，妳的表情就不會這麼不自在。」

我瞪了他一眼，「你們到底有什麼毛病，能不能不要每個人都跟神經病一樣，隨意猜測我的想法，尊重一下別人的隱私權好嗎？」

大師兄睜著無辜的雙眼，「妳都把答案寫在臉上了，哪有什麼隱私權可言？」

我無語，「反正蘇北辰的事都與我無關。」

「喔，所以妳知道他變成那樣的原因，但因為北極星讓妳不開心，所以妳就決定管他去死了。」

我被大師兄的話給氣笑，「你幹麼這麼關心蘇北辰，你不會喜歡他吧？」

大師兄愣了愣，「妳吃誰的醋也不能吃我的醋，我是多希望妳和北極星百年好合啊。」

「沒有機會了。」我淡淡地說，「我跟他沒有希望了。」

「這麼篤定？妳說來聽聽，搞不好我有辦法。」

「除非你能讓馮英柏活過來，否則，我和蘇北辰，已經沒有任何機會了。」我嘆了口長氣，最終還是把蘇北辰追問我馮英柏遺言的事統統告訴了大師兄。

他聽完後，陷入沉默之中。

我托著臉看著窗外，外頭大風吹過，落葉如雪。

「那妳是怎麼想的？」大師兄問，「妳眞的覺得馮英柏會希望你們這樣嗎？」

我露出苦笑，「大師兄，這事情不是我能決定的，也不是馮英柏能決定的，原本我以爲解決這些問題的關鍵都在蘇北辰身上，現在我知道，這也不是他能決定的。」

因爲在這個故事裡，我們都只能出上三分之一的力氣，所以誰也改變不了這結局。

儘管再也沒有比這個更糟糕的結局，也沒有比這個更讓人後悔的結局，可是我們什麼也改變不了。

有時候，看不到結局也是好的，因爲我們還可以幻想會有一個美好的結局，總好過眼睜睜地看著凋零淒涼，卻束手無策。

「大師兄，我不喜歡這個結局，可是我沒有辦法。」我看著他，「我只要看到蘇北辰，就會想起馮英柏，我想他也是，所以我們不會有以後了。」見一次，就會想起一次，這麼撕心裂肺的疼痛，我跟蘇北辰，誰都過不去。

所以，不如不見。

我和小貂、班長，還有大師兄，遠遠地站著，看著法師把馮英柏的骨灰罈放進塔位裡頭。

他們家選了一個很好的位置，這一層的正殿就是佛祖的金身，九樓的高度，可以遠眺整座城市，聽說天氣好的時候，還看得見海，但我想馮英柏應該不在乎這些事。如今他想去哪裡就去哪裡，自由自在的，只是我們再也見不到他了。

安置好骨灰罈後，伯父伯母對我們點頭致意，便轉身離開了。

我們一行人上前去，各自捻香對馮英柏告別。

我不知道應該對他說些什麼，只是看著骨灰罈上他的照片發呆，等到大家都好了，我才把香一起遞給靈骨塔的工作人員。

班長對我道：「我和小貂先回去了，妳要一起嗎？」

我看了眼大師兄跟蘇北辰，正想點頭時，大師兄卻搶在前頭說：「謝謝你們，不過我和黛穎還有點事要處理，我等等會送她回去的，你們路上小心。」

班長也沒多問，只是說了一聲知道了，便拉著小貂走了。

我站在原地，有些無可奈何，「大師兄，你又要幹麼了？」

大師兄正經著一張臉，「我可沒有要幹麼，我只是希望妳跟北極星把話都說清楚而已。」

我笑了下，半是嘲諷地問：「就算告別也要把話說清楚？」

「沒有錯。」大師兄打了個響指，「我去電梯前面等妳。」

看著他離開的背影，我頓時無語。

「妳……有什麼話要跟我說的？」

奔波了一整天，蘇北辰的聲音聽起來有些疲憊。

我想起自己曾經好喜歡好喜歡他，可現在回頭來看，卻不知道自己爲什麼如此眷戀他，也許我的情感，在這一連串的事情下，變得麻木不堪了。

「蘇北辰，我們結束了。」我淡淡地說。

說出這句話的時候，我一點激動的感覺都沒有，一切是那麼的平靜。

蘇北辰頓了頓，「這是妳的決定嗎？」

我撐起嘴角，「對，我們連朋友都不要當了，從此之後，我不認識你。」

蘇北辰定定地看著我，幾秒之後，才點點頭，「我知道了。從此之後，我們是陌生人。」

我張口欲言，卻發現現在不管說什麼都是多餘的，最後我深吸一口氣，對他說：

「再見。」

話音一落，我先一步轉身離開。

蘇北辰，我追著你的背影這麼久，最後一次，讓我走在你前頭吧。一開始的告白是我說的，最後的告別也是我說的，我們之間也算是有始有終吧？

短短一段路，等我見到大師兄的時候，已經淚流滿面。

他遞了一包面紙給我。

「妳哭吧，我不會阻止妳的，但妳要抓好我的衣襬，妳要是不見了，我可不會去找妳的。」

我一路拉著大師兄的衣襬離開靈骨塔，哭得像是奶奶離開時那般悲痛。

馮英柏離開了我，我離開了蘇北辰，我們誰也沒辦法在誰的生命中久留。

生離死別的悲傷，怎麼樣都無可避免。

我坐上大師兄的機車後座，在冷風之中哭吼：「大師兄，馮英柏死了！」

「我知道。」

「大師兄，我失戀了！」

「我知道。」

「大師兄，為什麼會變成這樣？」

「……我不知道！」

第六章　終曲

有一些地方，是不管多想去，都抵達不了的，像是你的身邊。

「下星期真的不用我開車送妳去學校？」

週日早晨的餐桌上，我爸這麼問我。

我搖搖頭，「不用了，我東西又不多，學校附近的交通也很方便，出了火車站就是學校後門，我自己過去就可以了。」

「好吧。」

高三那年，我錄取了臺南的大學。

我沒考上蘇北辰的學校，曾經期待成爲他學妹的願望，隨著那天過後，早已煙消雲散。

對此，我沒有什麼想法，倒是大師兄覺得很可惜，說可惜基本上是客氣了，他根本就是一哭二鬧只差沒上吊表達他的憤怒，我在一旁笑個不停，不知道他這麼激動的情緒到底是從哪裡來的。

大師兄說我變成熟了，但經過馮英柏的事之後，我才明白，原來所謂的成熟，其實是把自己碰撞得滿身是傷後所換來的結果。因爲疼得太厲害了，所以後來做任何事之前，都會先想一下，如果這樣不好，就不要這麼做了。

我也學會什麼叫做溫柔與珍惜。經歷過生離死別，我體會到人生世事無常，很可能下一秒，就什麼都沒有了。

大概是因爲如此，我和阿姨、依穎之間的相處變得很融洽。我明白她們都有自己的不得已，所以願意好好和她們分享我的心情，也願意傾聽她們的話語。

我不再覺得自己是全世界最可憐的人，也不再覺得自己很重要，只是盡力把自己應該做的事情做好，盡量不依靠別人而活，對於他人的幫助，心存感激。

「我等會兒要出門了。」我吃完早餐後，對阿姨說。

「會回來吃午餐嗎？」

「我中午和朋友有約，就不回來吃午餐了，但我會回家吃晚飯。」

「好。」

我幫忙阿姨收拾好餐桌後，回到自己房裡，在網路上看了點大學的資料，便出門了。

大師兄約我吃午餐，說是要幫我踐行。

我到了餐廳，發現大師兄早就到了，他正坐在窗邊的位子上看書。

其實他不說話的時候，全身上下都散發一股文青味。

可惜好景不常，下一秒他就見到我了。

他把書往桌上一蓋，對著我比手畫腳，我皺著眉頭，很難從他充滿藝術性的肢體動作看出他想表達的意思，最後我連理都不理，逕自推門進去了。

「小師妹妳這麼冷血，對得起赤焰軍七萬英魂嗎？梅嶺的那把火，燒得不夠旺嗎？」

我坐下來，漫不經心地說：「《琅琊榜》上又沒有你的名字，大師兄你在激動什麼？」

大師兄哈哈大笑，「小師妹眞是越來越聰明了，這妳都接得了話。」

「考完試閒閒沒事做，就看了一堆電視劇跟小說。」我翻了翻面前的菜單，「大師兄，踐行的意思是今天你請客嗎？」

大師兄愣了一下，拿出錢包，抽出一張千元大鈔，輕輕落下一吻，放在桌上，「再冷，都不該用別人的血來暖自己。」

又跳到《甄嬛傳》去了，大師兄到底有沒有在念書？他怎麼感覺比我還閒？

我不理他，選好想要的餐點，便請服務生來點餐，點完餐，大師兄才默默收起了他的千元大鈔。

我托著臉，「其實根本不用幫我踐行，搭高鐵一個半小時就回來了。」

大師兄哭喪著臉，「那不一樣，之後我們不能想見面就見面了。」

我對他做了個鬼臉，「你這麼常見我幹麼？我都沒那麼想見你了。」

「妳怎麼這麼狠心絕情？」大師兄掩著臉嗚嗚假哭，見我毫無反應，才放下了手，「妳都沒有什麼要問我的？」

我被他問得一頭霧水，「我要問你什麼？」

大師兄愼重其事地點頭，「有啊！我一直在等妳問我一個問題，因爲我想依照妳的智商，妳肯定是想不出答案的，可是我苦等了一年多都沒等到。」

我惡狠狠地瞪了他一眼，「我智商不高還要你說？我要是智商高，還需要天天念書念到睡眠不足嗎？」

「那不一樣，念書跟考試是兩回事。」大師兄收起了戲謔的表情，「我本來也不想跟妳提這件事，但我想妳都要去外地念大學了，這事如果現在不說清楚，等到時間久了，說不定就變成妳心上一根帶著倒勾的刺，到時候想拔除，就很困難了，所以我想還是趁現在跟妳說清楚吧。」

我知道他要跟我說的是什麼，只是我不想面對，總覺得事情好不容易過去了，就不需要再舊事重提。

但我能明白大師兄爲什麼想跟我談起這件事，他一向是不容他人逃避的個性，即便這件事，與他根本沒有關係。

「你說吧，我洗耳恭聽。」

「我覺得，馮英柏是眞的喜歡妳。」

大師兄一針見血地說了出來，儘管做好心理準備，那一瞬間，我的胸口還是揪痛了一下。

「後來我跟北極星談了很多有關於馮英柏的事情，從北極星的言談裡，我漸漸拼湊出馮英柏的個性。我認爲馮英柏雖然最後的手段失去了他平常的水準，但他對妳的好，絕不是虛假的，他是眞的喜歡妳，才會這麼對妳。」

我喉頭一陣乾澀，勉強擠出了聲音，「什麼平常的水準……」

「小師妹，不要逃避。」大師兄壓低嗓音，「就算會感到疼痛，妳也要看清楚這件事情的全貌，否則以後只會越來越模糊。」

「我爲什麼一定要搞清楚？」我有點不高興，「關你什麼事。」

大師兄笑了起來，「是不關我的事，但誰叫我雞婆，我就是不希望妳被這件事糾纏。」

我別過臉，又聽見大師兄說：「妳看妳如此抗拒這個話題，可見當年的傷口根本還沒痊癒。」

「什麼傷口……」

「妳不知道別人喜歡妳，是眞的喜歡，還是只是想利用妳，所以才接近妳。依照我對妳的了解，之後妳要是遇見喜歡妳的人，妳一定會離對方遠遠的，省得又出事。」大師兄托著臉，「我沒辦法跟妳保證什麼，這世界的壞人跟蠢人還是很多，可是，至少妳一定要相信，未來的某一天會有人眞心喜歡妳，不爲了別的，就只是因爲妳是妳。」

「大師兄，即便你這麼說，我也不會相信你的，你又不是馮英柏，你說的話沒有可信度。」

大師兄垮下了臉，一副心碎的模樣，還好這時候上菜了，打斷他的戲癮。

我們兩個索性換個話題繼續閒聊，期間大師兄接了通電話，跟人約好晚點在學校見面。

直到甜點上桌的時候，大師兄忽然道：「妳想知道北極星的近況嗎？」

我想了想，聳聳肩，「既然你都提了，就說吧。」

「小師妹，妳這是故作淡定嗎？」大師兄湊上前來問我。

我笑了一下，用手指推了他的額頭，「不是。」

「那爲什麼妳對馮英柏的反應這麼大，對北極星的反應卻這麼小？」大師兄若有所思地摸著下巴，「妳的態度怎麼差這麼多？」

我翻了個白眼，「大師兄，你有毛病啊，蘇北辰又沒死，這兩個人能拿來相提並論嗎？」

大師兄恍然大悟，「所以說到底，還是因爲人死了，所以妳比較惦記？」

「是因爲內疚，可以了吧？我對馮英柏很內疚，所以忘不了他，這樣可以嗎？」我沒好氣地說，「你眞是什麼問題都要追根究柢，到底關你什麼事啊。」

大師兄哈哈大笑，「我關心妳嘛，妳都不知道妳以前的想法有多好猜，什麼事情都寫在臉上，現在就跟戴了面具沒什麼兩樣，我只好多問兩句嘍。」

「我有些話沒說的意思，就是不想告訴你。」我哼了一聲，表示我的不滿，「好了，你到底要不要說蘇北辰？」

「他要去留學了，過幾天出發，到德國去交換學生。」大師兄頓了頓，「他這一年多過得不太好，都不怎麼說話了，也逗不笑，整個人死氣沉沉的。」

「既然如此，他去德國也是件好事吧，換個環境，心情也許會好很多。」我隨口說，心思卻飄到遠處去。

蘇北辰，這個名字現在聽起來恍如隔世。

我好像還記得他長什麼樣子，但又不是很確定，馮英柏剛過世的那段時間，我常常想起他們倆兄弟，我總是不停問我自己，如果早知道結果會是這樣，我有沒有更好的作法。

可是，一直到現在，我仍無任何頭緒。

我不能叫蘇北辰不去他奶奶家，不能叫馮英柏不喜歡我，可是縱使我心裡對蘇北辰有不平之氣，覺得這輩子再也不想見到他，卻又說不上我是不是眞的已經不喜歡他了。

當我想起他的時候，心裡總是會微微一動，彷彿在提醒自己，我曾經喜歡過他。

「小師妹。」大師兄喊了我幾聲，「妳在想什麼？不是妳問我北極星的事嗎？怎麼聽一聽又恍神了。」

我喝了口飲料掩飾情緒，「沒什麼，大概這幾天忙著整理行李，有點累了吧。」

「說起來，妳明天是幾點的火車？要不要我去車站送妳？」

我連連擺手，「不用了，我家人都會去，你來我也很難招呼你，等我在臺南安頓好，你再下來找我，我帶你去玩。」

「好，妳說的。」大師兄朝我伸出手，「擊掌為證！」

我無奈地跟大師兄擊掌，他還真是一點都不知道要收斂，拍了好大一下，餐廳裡的人都在看我們。

「大師兄！」我有些氣惱地喊。

「幹麼？」他笑嘻嘻的，「這樣妳才會記得我啊！」

「你就是個神經病，誰會忘記你！」我忍不住罵，「對了，我一直想問，你為什麼要叫我小師妹？」

他想了想，「當初妳不是很想考進我們學校嗎？北極星還幫妳上課，所以我先喊起來放，誰知道喊著喊著，妳變成別人的小師妹了，嗚嗚嗚。」

我一頭霧水，「我變成誰的小師妹了？」

「我怎麼知道，反正不是我的，從明天開始，妳就有整個系的學長，會關心妳選課，還幫妳送宵夜，說不定連妳的早餐、午餐、期末報告都一起準備了。」

我嘆了口氣，拍拍大師兄的臂膀，「放心，這世界上會喊我小師妹的人，大概也只有你一個，我依舊是你的小師妹。」

大師兄握住我的手，「是妳說的喔，要是有誰敢這樣喊妳，妳一定要義正詞嚴地拒絕他！」

我翻了個白眼，百般無奈地點點頭，接著站起身，「我們走吧，你不是等等跟人有約嗎？」

「好吧。」大師兄跟著站了起來，表情無比糾結，「妳只是去念大學，我怎麼有種要嫁女兒的心情。」

我腳下踉蹌，錯愕地看著大師兄的背影。

這麼一說，還真的滿像的，大師兄今天千叮嚀萬囑咐的，還擔心我心裡的傷沒痊癒，說得好像我下一秒就要嫁人，會對不起那個要娶我的人似的。

難怪我總有種說不出來的違和感，原來我應該喊大師兄一聲爹才對。

雖然有點荒謬，可是一聽到大師兄的關心，我竟然覺得有些鼻酸。

他可以不用對我這麼好，我什麼也沒爲他做過，明明他是蘇北辰的朋友，可是在重要的時刻，他從來沒有怪罪過我，總是想也沒想地支持我，不管我是不是要他滾，還是總是嗆他，他依舊打從心底關心我。

他可以不用這麼做的，儘管我在馮英柏身上受過一點傷又怎樣？

「小師妹？」大師兄困惑地回過頭看著我，「怎麼沒吃甜點？難道妳想打包回去嗎？這家店的蛋糕不好吃喔。」

我搖搖頭，「不是，我只是想說，謝謝你，大師兄。」

他一愣，臉上露出了一抹溫柔的微笑。

「謝什麼，這是我們有緣。」他笑著說，「我覺得緣分就是這樣，因爲不知道什麼時候會分開，所以會好好地對待經過身邊的人。這樣不管發生什麼事，日後總不會後悔。」

我扁嘴，有點想哭，「大師兄，你怎麼跟平常不太一樣……」

他三步併作兩步地走到我面前，雙手握著我的肩膀，「小師妹，山無陵，天地合，乃敢與君決！」

我摀住他的嘴，一臉悲憤，「拜託你不要在這種感性的時刻說話。」

我好不容易心裡有一點點感動，被大師兄這麼一說，那一丁點情緒頓時蕩然無存，腦海裡浮現的全是紫薇跟爾康的臉。

與大師兄道別後，我想了想，決定搭車前往山上，想去看看馮英柏，如果他還在，不知道會考上哪間學校？會到哪個地方？會遇見什麼人？

他會不會某一天就忽然發現自己一點都不喜歡我了？那麼他會不會喜歡上別人？

這些問題，永遠都不會有答案了。

我看著公車窗外的景色漸漸荒涼，陷入思緒。

現在當我想起馮英柏時，我已經不記得馮英柏的壞，只記得他對我的好，可是我又明明白白地知道，那時候的我是多麼希望他不要再用那種方式對我施壓，也希望他不要再喜歡我。

這中間出了什麼問題，才會使得這一切回頭來看的時候，大家誰都沒有錯？

或者，除非是明確的爲非作歹，否則這世界上根本沒有什麼對錯可言？

我不知道。

到了靈骨塔，我走到馮英柏的塔位前，照片裡的他依舊笑得燦爛無比，好像沒有任何煩惱與憂愁。

我雙手合十，看著他的照片。

「馮英柏，我考上臺南的學校，本來想替你去念你想就讀的科系，可是我發現我居然不知道你理想的科系是什麼，一直都是你陪在我身邊，我卻恣意揮霍你的心意，張懸有一首歌提到，揮霍和珍惜是同一件事情……」我說著說著，卻笑出聲，「你就當我在詭辯吧，可是我想了想，如果我代替你去完成這件事，那我就不是我了，就不是那個你喜歡的我了，所以最後我填了自己想念的科系，但是我一定會認真過日子，連同你的分，一起活著。」

我看著他，沉默了一會兒。

「後來，我再也沒見過你哥。」我頓時有些鼻酸，停下了話，「馮英柏，我們誰都沒想到居然會是這樣的結局，你死了，我跟你哥成了陌路人……」

「黛穎……」

那道熟悉的聲音忽然傳入我耳中，下一秒，我愣在當場，呼吸一滯，心跳快了幾拍。

是蘇北辰，連想都不用想，這名字就已經浮現在我的腦海裡。

我深吸口氣，回過身去。

「蘇北辰……」

我的腦中一片空白，當初那種與他告別時的狠心，早已消失無蹤，時過境遷的現在，那股強烈的情緒已不復存在，可見到他，心裡依然是千頭萬緒，說不出話。

他的目光定在我的臉上，好像迫切地希望我能夠和他說些什麼。

「妳過得還好嗎？」

「還可以。」我點點頭，見他沒有要接話的意思，我又說：「明天我要去臺南了，我考上那裡的大學。」

他的脣角微彎，「我明天要出發去德國了。」

「我知道，大師兄跟我說過了。」我頓了頓，「那你呢？過得還好嗎？」

他想了一會兒，「雖然不算太好，但也不會太差。」

「那……伯父伯母好嗎？」

他似乎沒料到我會問起他父母，怔愣了一會，揚起的笑容裡滿是苦澀，「起初很差，最近狀況才漸漸好轉了些，否則我也不能去德國。」

我了然頷首後，頓時無話可說。

蘇北辰走到我身邊，看著馮英柏的遺照，問：「妳常來看他嗎？」

「在那之後，我只來了這一次。」

說完這句話，我忽然覺得有點尷尬，不知道該說什麼，有點手足無措。

「我……」

「妳——」

我們互看一眼，我笑了下，低下頭，「你先說吧。」

「後來我聽大師兄說了很多妳的事情。」

我睜大雙眼，大師兄從來沒跟我提過蘇北辰，但卻對蘇北辰提起了我？

「妳別怪他，是我問的。」

我不能理解地看著他，我以爲我們應該是再也不想聽見對方的消息，原來只有我這麼強硬地抗拒這些事嗎？

「你……」

「我只是想關心妳。」

這句話好像馮英柏的口氣，我退了一步，那段回憶忽然清晰地浮現在我腦海裡，隨之而來的是一陣陣的疼痛，我有時候想起馮英柏，心裡會忍不住恨他，恨他帶著濃墨重彩出現在我生命裡，卻又突如其來地從我生命裡消失，讓我連恨他，都覺得自己不應該這樣，隨之想起的，是我曾在蘇北辰身上體會到的失望、掙扎，以及什麼都留不住的無力感。

大概是察覺到我的難受，蘇北辰抬起手，似乎是想摸我的頭，我卻倒退了一步。

我不想讓他碰觸我，我怕自己會想起曾經與他共度的歡樂時光，對比現在，只覺得萬分淒涼。

他黯然收回手，看著我。

我憂傷地看著他。

「蘇北辰，也許現在問你這個太……」我斟酌了一下用詞，「無關緊要，可是我還是想知道。」

我想幫那年的我再問一次，「那時候，你喜歡過我嗎？」

蘇北辰沉默了良久，「喜歡過的。只是，才剛喜歡上，還能輕易放棄。」

原來，跟我想的一樣，他只是沒那麼喜歡我。

我莫名地鬆了口氣。

「謝謝你。」我對他微微一笑，終於明白那些疼痛不堪的回憶，原來都是我自找的，對他而言，我只不過是一個可以輕易放棄的對象，但我卻把他放在心上至關重要的地方。

這些痛楚，都是因爲我自以爲是的緊抓不放而已。

我深吸了口氣，對著馮英柏雙手合十，「你都聽見了，你當初跟蘇北辰較勁，只不過是白費力氣，他根本就沒有這麼喜歡我，所以你眞是白死了，你要是活著，說不定我們還有機會在一起。」

我說著說著，眼淚卻流了下來。

馮英柏，我們爲什麼要用這麼沉重的代價去明白這件事情？這一切，都只不過是大師兄口中的緣分而已。

我們會遇上一些喜歡自己的人，會遇上一些自己喜歡的人，如果互相喜歡，就在一起，如果不喜歡，就祝彼此幸福。

如果當時我們都能明白這件事，那有多好？

「一個人在外面生活要注意安全，不要做危險的事，錢不夠的話，打電話回來。」我爸一反常態地說了許多，好像突然之間，我成了一個九歲的小孩，而不是一個十九歲要在外獨立生活的大學生。

偶爾，我還會有些不解，不知道爲什麼我爸突然對我這麼好，明明在奶奶過世之前，他對我幾乎是不聞不問。

後來想想，其實他也不容易，每個人的時間有限，也許他忙不過來，覺得奶奶會把我照顧好，所以才放心地把我託付給她。

「我知道，我會照顧好自己的。」我揚起微笑，接著說：「我同學在那邊，你們先回去吧，我到學校安頓好之後，會打電話回家的。」

小貂和班長站在不遠處，他們兩個都考得不錯，上了同一間國立大學，也算是得償所願。

阿姨點點頭，「那好吧，如果有事，妳儘管打電話回來。」

我輕快地說：「不會有事的，我只是去念書，又不是去做什麼大事。」

依穎扯了扯我的衣角，她現在升上國中了，當初考試的分數雖然有些危險，但還是順利考上音樂班。

她的五官漸漸長開，越發亭亭玉立，已經是個小美人了。

「怎麼了？」

「等放寒假，我們再一起去找妳玩。」依穎綻開甜美的笑容，「到時候妳帶我們去吃好吃的。」

我應聲，說了幾句話之後，便送走我爸跟阿姨，才轉身走到小貂和班長身邊。

「火車還有多久會來？」班長劈頭就問。

我從口袋裡掏出車票看了一眼，「將近半小時。」

小貂一把抱住我，「我會想妳的。」

我拍拍她的頭，「說不定妳還沒想起我，我就已經搭高鐵回來臺北了。」

班長笑出聲，「我就是這麼說的，小貂卻還是一副生離死別的樣子。」

小貂惡狠狠地瞪了班長一眼，又繼續說：「妳去臺南了，要是阿空欺負我，我就沒人可以訴苦了。」

我噗哧出聲，「小貂，妳惡人先告狀了吧？誰不知道班長對妳是說一不二，只差不能幫妳考指考了。」

班長推甄的時候已經確定了學校，反而是小貂，一連推了幾間都沒上。

但班長也沒閒著，那段時間唯恐小貂指考失利，幾乎天天拉著她，幫她補習，我也是因此沾了小貂的光，才能考出意料之外的好成績。

小貂搔搔臉頰，「好吧，那妳去臺南後，千萬不能忘記我。」

我在他們心裡到底是有多薄情，怎麼一個兩個都覺得我會因爲去外地念大學，就樂不思蜀，把他們都忘了。

我好生安撫了小貂一番，不知不覺，上車的時間也快到了。

我搥了一下班長的肩膀，「我走了。」

「嗯。」他拍拍我的頭，「戰神，雖然妳收斂很多了，但是新環境新同學，難免會有一點摩擦，妳要好好與人相處，不要動不動就摔桌子踢椅子的，大腦是個好東西，希望妳的行李中有帶著它，遇到不能解決的事情，就打電話給我或小貂。」

「行了。」我被班長說得笑了起來，「這綽號我都忘了，你竟然還記得。沒想到你這麼叨叨絮絮的，我是沒見過我媽，不然眞想說你跟我媽一樣嘮叨。」

他瞪了我一眼，「怕妳好了傷疤，忘了痛，到時候可沒人能幫妳。」

班長這話說得倒是很直接，我淺淺一笑，「不會。」

「那就好。」

我拉起行李箱的拉桿，「走了，放連假我會回來看你們的。」

我刷了票進站，回頭一看，他們還在站外，我朝兩人擺擺手，轉身走入人群。

其實我知道他們爲什麼會這麼擔心我，就連我自己，都是抱著重新開始的念頭，離開這個地方。我會到一個新環境，那裡沒有人知道馮英柏跟蘇北辰，沒有人知道我曾經這麼愛過一個人，也沒有人知道有一個人曾經這麼愛過我。

那些故事，最終變成我腦海中的回憶，偶爾才會想起來。

我上了車，找到自己的位子坐下。

看著車窗上映著我的身影，我深吸了口氣。

走吧。

火車向前駛動，我離蘇北辰和馮英柏越來越遠了。

我的耳邊忽然響起蘇北辰的聲音，想起他跟我說，他的名字是北極星，如果他沒有來找我，我可以去找他，他會一直在那邊等著我。

那時候的我，大概沒想到，有一天，我會決定要遠遠地離開他，到一個沒有人知道他是誰的地方。

蘇北辰，你曾經是我生命中的北極星，那一段徬徨的日子，因爲追逐著你的身影，我才有了前進的方向。

可是也因爲你，我才知道不是有目標就一定能達成，有一些地方，是不管多想去，都抵達不了的，像是你的身邊。

你如同北極星，爲我指引方向，卻讓我永遠都抵達不了你所在的地方。

最後我只能轉身，朝著與你截然不同的方向前進，直到我們再也想不起對方的模樣，有關彼此的回憶在塵煙中消耗殆盡，你的身影逐漸模糊成黑夜裡的一點光芒，微弱得不能提醒我任何事情。

也許，每個人的生命裡都有這麼一個不能直視，也靠近不了的北極星。

最終，我們會想不起來那人的臉孔，但那個故事卻留在心裡，散發著微弱的光芒，提醒我們是爲什麼離開，或者又是爲什麼而留下。

全文完

後記　在該愛的時候用力去愛

提筆寫下《微光北極星》的時候，我正聽著李榮浩的〈老街〉。

聽他這麼唱著——

忘不掉的是什麼我也不知道
放不下熟悉片段
回頭望一眼 已經很多年的時間

一般來說，我不太喜歡以自己的角度去解釋筆下的故事，我始終認爲，該說的話，都已經在書裡交代了，之後怎麼解讀背後的含意，是讀者的自由。大概因爲我是一個不喜歡標準答案的人，所以也不喜歡告訴別人標準答案。

不過在《微光北極星》裡，我倒是有一件事可以和大家分享。

馮英柏這個角色的原型，其實是我的初戀男友。

書中馮英柏怎麼追孫黛穎的，現實中我的初戀男友也一樣待我如此。只不過我們不同校，當然就不可能如小說裡的情節一樣，兩人一塊吃午餐什麼的。

但我們兩家住得很近，所以舉凡一起上學、放學接送回家、買早餐等等，這些事我都在高中時期經歷過。

值得一提的是，有次園遊會班上賣花，在我們都還是窮學生的年代，他一口氣買了三束花，當著全班同學的面送給我，但那時我心裡有了喜歡的人，所以對於他的心意，我只覺得窘迫。

聽起來夠浪漫的吧？我的高中生活過得跟偶像劇差不多了。

所以校慶上馮英柏獻花的橋段，完全是改編自我的親身經歷，哈哈。

他還做過很多浪漫的事，至今回想起來仍覺得不可思議，原來眞的會有人喜歡上另一個人的時候，是愛得這麼強烈且動人，儘管他知道那時候我喜歡的不是他。

後來，我們在一起了。

再後來，不同於馮英柏的結局，他沒死，只是我們分手了。

事實上，生離與死別，在我心中是差不多的事情。

當緣分到了，再怎麼濃烈的感情，也終究要結束。

有多少次，我們跟別人說再見，卻是再也不見。

分手之後，我見過他幾次，但每次見面都只是對他更失望，他變成了與我記憶中不一樣的人。所謂的分道揚鑣，或許代表著我們已經走上了截然不同的道路，逐漸離開對方的生命中，直至再次相逢也不識。

只剩過往的美好還在我的腦海裡清晰如昨。

所以我把他寫進故事裡，同時也賦予他死亡，用以祭奠在我生命中消亡的他。

縱使我們分別了，但我並不感到可惜。

因爲和他在一起的日子，我已經盡了當時那個年少的我所能盡的所有。最後分手了，是因爲我們都努力到再也沒有留下任何遺憾。

現在回頭來看，覺得當時的我做得眞好，讓十多年後的自己，回憶起這段過往時，一點都不後悔。

所以，如果你們身邊也有一個這樣的人，請一定要好好對待他，因爲我們都不知道這段緣分什麼時候會結束。

更因爲，與他在一起時所領略的景色與感受，或許只會在你的生命中出現這麼一次。

即便隔天又是一模一樣的路途、一模一樣的人事物，但終究，已經不是同一天了。

在該愛的時候用力去愛，該放手的時候輕輕放手。

這樣就好。

對了，雖然說這種話實在太破壞氣氛了，但我還是要宣導一下。

儘管用力去愛，也一定要尊重對方的個人意願，奮不顧身的愛情雖然很淒美，但留下一個瀟灑轉身的背影，讓對方記得自己一輩子，更是我輩中人應該有的豁達啊！

煙波 於府城家中 四月三十號

城邦原創 長期徵稿

題材

(1) 愛情：校園愛情、都會愛情、古代言情等，非羅曼史，八萬字以上，需完結。
(2) 奇幻／玄幻：八萬字以上，單本或系列作皆可；若是系列作，請至少完稿一集以上，並附上分集大綱。

如何投稿

電子檔格式投稿（請盡量選擇此形式投稿）

(1) 請寄至客服信箱service@popo.tw，信件標題寫明：【投稿城邦原創實體書出版／作品名稱／真實姓名】（例：投稿城邦原創實體書出版／愛情這件事／徐大仁）
(2) 稿件存成word檔，其他格式（網址連結、PDF檔、txt檔、直接貼文於信件中等）恕不受理；並請使用正確全形標點符號。
(3) 請附上真實姓名、性別、聯絡電話、email、POPO原創網會員帳號、作者簡介與出版經歷。
(4) 請加入POPO原創市集（www.popo.tw/index）申請成為作家會員，並將投稿作品公開放上該網站至少4萬字，若想全文公開也可以。

紙本投稿

(1) 投稿地址：10483台北市民生東路二段141號6樓
城邦原創實體出版部收
(2) 請以A4紙列印稿件，不收手寫稿件。
(3) 請附上真實姓名、性別、聯絡電話、email、POPO原創網會員帳號、作者簡介與出版經歷。
(4) 請自行留存底稿，恕不退稿。
(5) 請加入POPO原創市集（www.popo.tw/index）申請成為作家會員，並將投稿作品公開放上該網站至少4萬字，若想全文公開也可以。

審稿與回覆

(1) 收到稿件後，約需2-3個月審稿時間，請耐心等候通知。若通過審稿，編輯部將以email回覆並洽談合作事宜，如未過稿，恕不另行通知。
(2) 由於來稿眾多，若投稿未過，請恕無法一一說明原因或給予寫作建議。
(3) 若欲詢問審稿進度，請來信至投稿信箱，請勿透過電話、客服信箱、部落格、粉絲團詢問。

其他注意事項

(1) 請勿抄襲他人作品。
(2) 請確認投稿作品的實體與電子版權都在您的手上。
(3) 如果您的作品在敝公司的徵稿類型之外，仍然可以投稿，只是過稿機率相對較低。

國家圖書館出版品預行編目資料

微光北極星／煙波著．-- 初版．-- 臺北市；城邦原創，2017.05
面；公分．--（戀小說；75）

ISBN 978-986-94706-2-9（平裝）

857.7　　　　106007424

微光北極星

作　　者／煙波
企劃選書／楊馥蔓
責任編輯／林鈞儀

行銷業務／林政杰
總 編 輯／楊馥蔓
總 經 理／伍文翠
發 行 人／何飛鵬
法律顧問／元禾法律事務所　王子文律師
出　　版／城邦原創股份有限公司
台北市中山區民生東路二段 141 號 6 樓
電話：(02) 2509-5506　傳眞：(02) 2500-1933
E-mail：service@popo.tw
發　　行／英屬蓋曼群島商家庭傳媒股份有限公司城邦分公司
聯絡地址：台北市中山區民生東路二段 141 號 11 樓
書虫客服服務專線：(02) 25007718．(02) 25007719
24小時傳眞服務：(02) 25001990．(02) 25001991
服務時間：週一至週五 09:30-12:00．13:30-17:00
郵撥帳號：19863813　戶名：書虫股份有限公司
讀者服務信箱 email：service@readingclub.com.tw
城邦讀書花園網址：www.cite.com.tw
香港發行所／城邦（香港）出版集團有限公司
地址：香港灣仔駱克道 193 號東超商業中心 1 樓
email：hkcite@biznetvigator.com
電話：(852) 25086231　傳眞：(852) 25789337
馬新發行所／城邦（馬新）出版集團 Cité(M)Sdn. Bhd.
41, Jalan Radin Anum, Bandar Baru Sri Petaling,
57000 Kuala Lumpur, Malaysia.
電話：(603) 90578822　　傳眞：(603) 90576622
email:cite@cite.com.my

封面設計／黃聖文
印　　刷／漾格科技股份有限公司
電腦排版／陳瑜安
經 銷 商／聯合發行股份有限公司
電話：(02)2917-8022　傳眞：(02)2911-0053

■ 2017 年 5 月初版
■ 2022 年 9 月初版 7.5 刷
Printed in Taiwan

定價／250元

ISBN　978-986-94706-2-9

POPO城邦原創 www.popo.tw　城邦讀書花園 www.cite.com.tw

本書如有缺頁、倒裝，請來信至service@popo.tw，會有專人協助換書事宜，謝謝！